KB273567

삶, 틀려도 좋은 자유

삶, 틀려도 좋은 자유

정답 없는 세상을 마주하는 재즈적 시선

임미성 지음

율리시즈

이토록 편하고 자유롭게 읽히는 재즈라니

영화감독이 글을 잘 쓰면 대개는 영화를 잘 못 만들거나 영화 작업을 쉴 때이다. 영화 본업에 열일을 하는 감독들은 보통 말을 잘 못하거나 글을 이상하게 쓴다. 그의 언어 체계는 프레임이지 텍스트가 아니기 때문이다. 재즈 가수 임미성이 글을 쓴다고 했을 때 둘 중 하나라고 생각했었다. 노래는 잘하는데 글은 이상하거나 노래를 못해서 글을 잘 쓰게 됐거나.

임미성은 그 두 가지의 펜스를 무너뜨린, 내 주변의 유일한 사람이다. 임미성의 글은 재즈 같다. 재즈처럼 쉽고 편안하다. 재즈를 어렵게 생각하는 사람들에게 쉽게 접근할 수 있게 글을 쓴다. 어떤 때는 명태 같다. 명태가 동태, 북어, 황태, 코다리, 노가리로 변신하듯 자유자재로 인문학적 아이템을 활용한다. 어떤 때는 고대의 시나 시조 같은데 그녀는 〈공무도하가〉 등을 재즈로 바꿔 부르는 놀라운 재능의 퓨전 가수이다. 또 어떤 때는 연암 박지원의 《열하일기》를 들고 나온다. 연암 박지원이 패츠 월러와 닮은 사람이라는 논지는 이 임미성이라는 사람이 참으로 독창적인 사고의 재즈 가수라는 것을 보여주는 대목이다.

자, 그럼에도 그의 이번 책만큼 그의 노래가 대중에게 지금보다 더 많이 알려지기를. 그녀의 재즈밴드 '코리안 포에틱 재즈 Korean Poetic Jazz'가 원하는 성취를 이루어내기를. 그녀가 지닌 다각도의 글재주가 비로소 '재즈'하기를!

그리하여 이번 책이 많은 사람에게 재즈처럼 편하고 자유롭게 읽히기를 기대하는 바다.

삶이라는 즉흥연주를 시작하며

돌이켜보면, 내 삶은 언제나 재즈와 함께였다.

재즈를 공부하러 떠난 파리 유학 생활부터 연주, 강의, 레슨, 그리고 칼럼에 이르기까지.

'재즈란 무엇인가'라는 질문은 매일 되풀이되었고, 어느새 내 삶을 바라보는 하나의 거대한 프레임이 되었다.

그 거울을 통해 나는 삶의 모든 것이 재즈와 닮아 있음을 깨달았다. 문학과 회화, 건축과 영화, 그리고 일상 속 수많은 선택이 실은 즉흥과 직관이라는 재즈의 문법 위에서 작동하고 있음을 알게 되었다.

AI가 그린 그림이 고가에 팔리고, 로봇이 색소폰을 연주하는 시대다. 언젠가 로봇의 연주 영상을 본 적이 있다. 한 음도 놓치지 않는 정교함은 놀라웠으나 그에게는 숨소리가 들리지 않았다. 비밥 특유의 쏟아지는 사운드도, 연주에 몰입해 찌푸린 이맛

살도 없었다. 친절하고 완벽한 AI의 세계에는 '그냥', '갑자기', '왠지' 같은 예측 불가능한 부사가 존재하지 않는다. 숨소리 하나 들리지 않는 매끈한 정답의 세계에서는 어떤 상상도, 고유한 감흥도 일어나지 않는다.

학생들을 가르치며 가장 많이 듣는 말이 "틀릴까 봐 못하겠어요"다. 대체 무엇이 틀린다는 말인가. 익숙하지 않아서 '낯선' 것일 뿐, 틀린 것이 아니다. 어느 전설적인 재즈 뮤지션은 "내가 연주하는 음은 다 옳아"라고 버릇처럼 말했다.

이 책은 재즈의 역사나 명반을 분석하는 해설서가 아니다. 이것은 삶을 대하는 태도, 즉 '재즈적 시선'에 대한 이야기다. 그것은 더 나아가 일상의 매 순간을 유연하게 바라보는 시선일 것이다. 정해진 악보를 넘어 낯선 흐름을 기꺼이 받아들이는 것, 타인의 연주에 귀 기울이며 나의 타이밍을 기다리는 것, 그리고 무엇보다 실수와 오류를 삶의 자연스러운 변주로 받아들이는 태도 말이다.

그래서 재즈는 한마디로 '기꺼이!'의 예술이다. 낯선 세계에 기꺼이 발을 들여놓겠다는 다짐이다. 칼 융의 말처럼 매 순간 희열을 갖고 삶을 축복처럼 살기 위해서라도, 모든 것을 기꺼이 맞아야 한다. '기꺼이'는 마음 한편에 타인을 이해하기 위한 공간을 가진 사람만이 누릴 수 있는 지속 가능성이다. 이 '재즈적 시선'은 익숙했던 판단과 선택을 잠시 유보하고, 타인의 시선에 흔들리지 않으며, 그 어느 곳에도 집착하지 않고 마음을 흐르게 한다.

때로 틀리고 실수하면 어떤가. 중요한 건 지금보다 나아지는 것이다. 자기 신뢰가 삶의 뿌리가 되는 한, 우리에겐 틀려도 좋은 자유가 있다. 그러니 누군가를 향해 '당신은 틀렸어'라고 단정 짓는 것이야말로 틀린 것이다. 완전히 맞고 완전히 틀린 삶이 없는 한, 우리에게는 자유가 있다. 이 책을 통해 그 다정하고 유연한 시선을 건네고 싶다.

그것은 바로 우리 삶이 누려야 할 '틀려도 좋은 자유'다.

목차

왜 재즈 연주자로 살고 있으신가요?

제게 재즈는 단순한 음악 장르를 넘어
삶 그 자체이자 운명과도 같습니다.
끊임없이 변하는 우리 몸의 세포나 감정처럼
세상 모든 존재가 지닌 '즉흥성improvisation'이 바로
재즈의 본질이라 믿기 때문입니다.
일상의 모든 순간을 재즈적인 태도로 바라보고
연주하며 살아가는 것, 그것이
제가 재즈를 계속하는 이유입니다.

1

틀려도 괜찮아,
삶은 즉흥이니까

파리의 하늘 밑,
센강 위로 흐르던 재즈의 선율

　　나를 파리로 불러들인 것은 재즈가 아닌 '영화'였다. 더 정확히는 프랑스 문화원에서 상영하던 영화에 심취했던 내가 '언젠가는 파리에'라는 꿈을 품은 결과였다. 재즈 보컬로 활동하다가 유학을 가고 싶다고 생각하게 된 무렵, 불어는 한 마디도 할 줄 모르고 아무 연고도 없는 파리에 유학 가겠다고 마음먹은 것도 순전히 '영화' 때문이었다. 재즈를 독학하다시피 한 내게는 재즈를 제대로 배워보고자 하는 열정이 있었다. 무엇보다 파리에는 클래식 기반의 재즈 연주자들이 많다는 점이 가장 결정적인 이유였다. 한국에서 오래전에 함께 듀오로 공연했던 폴란드 출신 재즈 피아니스트가 파리 유학을 권한 것도 적잖이 영향을 미쳤다. 그때는 그저 듣기 좋은 칭찬이려니 가볍게 넘겼는데, 클래식을 전공하고 재즈 피아니스트로 활동하며 유럽에서 많은 공연을 했던 그의 직감은 결국 적중했다.

골목길 헤매며 건물 구경에 몰두했던 프랑스 재즈 유학길

영화를 좋아해서 영화 마니아가 되고 훗날엔 영화 칼럼까지 썼던 여정처럼, 클래식(성악)을 전공한 내가 대학 내내 들은 것은 재즈 음반이었다. 그때만 해도 나는 즉흥연주는 천재들만 가능한 것이라고 믿었기에 재즈 보컬에 대한 꿈은 갖지 않았다. 그렇게 틈만 나면 재즈 음반을 모으고 매일 들으면서 레퍼토리 수십 곡을 저절로 외우게 되었을 즈음, 우연한 기회에 노래를 부르게 되었다. 바로 그 순간이 운명적으로 재즈 보컬에 첫 발을 디딘 계기가 되었다. 그 후 여기저기 공연 요청이 들어오기 시작했다. 그러나 내가 잘하는 것은 카피였다. 엘라 피츠제럴드Ella Fitzgerald 같다는 말도 들었지만 그것은 '얼핏' 들어서 불러온 착각이었다. 자세히 들으면 영혼 없는 카피에 불과한 것을.

공연이 많아질수록 처음부터 다시 시작하고 싶다는 생각이 들었다. 주위에서는 학생을 가르칠 나이에 무슨 유학이냐며 걱정스러운 눈길로 바라봤으나 내 결심은 흔들리지 않았다. 일사천리로 추진한 유학 준비를 마치고 파리에 도착해보니 주위에 불어를 두 달만 배우고 온 사람은 나뿐이었다. 그런데도 아무것도 걱정되지 않았다. 그렇게 꿈꾸던 영화 속 장면에 들어와 있지 않은가. 그동안 영화로만 봐온 중세 건축 양식이 그대로 남아 있

는 아파트들은 매일 봐도 질리지 않았고, 미로처럼 꼬불꼬불한 파리의 골목은 걸어도 걸어도 신비로웠다.

그러나 이튿날부터 시작된 파리의 현실은 절대 만만치 않았다. 영화적 상상으로 버틸 수 있는 것이 아니었다. 그런데도 나는 언제나 좋은 기분을 유지하려고 애썼다. 때로 우울해질 때 세느 강변 카페에서 1.5유로짜리 커피를 마시고 산책을 시작하면 '우울 모드'는 이내 '행복 모드'로 바뀌었다. 루브르 박물관을 시작으로 피카소 미술관, 로댕 박물관, 보자르 미술관에 들어가고 그 주위 골목을 걸어 다녔다.

세월이 켜켜이 쌓인 파리 골목길은 '길을 잃어야만 길을 찾는다'는 나의 믿음을 실현한 꿈의 공간이었다. 애초에 길을 정하고 나서지 않았기에 길을 잃을 것도 없었다. 매 순간 새로운 길을 걷게 되는 것, 그것이 그날의 행운이었다. 그렇게 걷다가 들른 카페에서 마시는 커피 한 잔은 일상을 다시 시작할 용기와 힘을 주었다.

화창한 공원과 옛 지하감옥에도 그득했던 재즈

먼저 유학 생활을 시작한 후배가 살던 곳은 사무엘 베케트가 살았던 아파트였다. 센강에 있는 생 루이섬에는 보들레르, 들라크루아, 플로베르, 발자크 등 많은 예술가가 살았는데 그들이 지나다닌 길과 카페도 예전 모습 그대로인 경우가 많다. 파리 17구를 걷다가 아파트 벽면에 로댕의 제자이자 연인이었던 천재 여성 조각가 '카미유 클로델이 살았던 곳'이라는 푯말을 우연히 발견하기도 한다.

여름이 되면 파리 곳곳의 공원에서 재즈 페스티벌이 열린다. 200여 석의 플라스틱 의자가 준비된 곳에서만 입장료를 받는데, 무대 주위에 여러 대의 스피커를 설치해 공원 전체가 무료 공연장이나 마찬가지다. 페스티벌이 열리면 동네 모든 사람이 피크닉을 온다. 음료수, 커피, 샌드위치, 와인 등을 바구니에 담고 타탄체크의 담요를 바닥에 펼쳐 그 위에 둘러앉거나 누워서 뮤지션들의 연주를 감상하기 시작한다. 물론 이들의 손에는 와인잔이나 맥주 캔이 들려 있다. 이것이 진정한 '파리의 여름'이다.

파리를 대표하는 재즈클럽인 '선사이드&선셋Sunside & Sunset'의 경우 입장료가 4만~5만 원 가까이 되는데 여기는 테이블 없이 관람석으로만 되어 있다. 관객이 꽉 찬 경우에는 주문한 오렌지 주스 잔을 서너 사람의 손을 거쳐 건네받기도 한다. 한 방울도 흘리지 않으면 환호의 박수를 쳐준다. 비좁게 앉아서 펼쳐지는 이 상황을 오히려 모두 즐기고 있다. 1층인 선사이드는 70~80명만 앉아도 꽉 찰 만큼 규모가 크지 않지만, 최고의 음향시설을 갖추고 있어 (지하에 있는 재즈클럽인 선셋과 함께) 세계의 뮤지션들이 파리에 오면 가장 먼저 연주하러 오고 싶어 하는 곳이다. 또 다른 재즈클럽 'Caveau de la Huchette'은 1551년에 세워진 지하 석조

건물로 1940년 이후 재즈클럽으로 사용되는데 세계에서 가장
오래된 재즈클럽이다. 그전에는 지하창고, 지하감옥으로 쓰였다
고 하니 장소 자체가 전위적이다. 여기에 공연을 보러 가면 '섬뜩
한 유쾌함'이라고밖에 할 수 없는 묘한 느낌이 드는데 옛 지하감
옥에서 흥겨운 재즈를 듣는 것이 마냥 유쾌하지만은 않다.

'재즈'를 문화자산으로 인정하고 예산으로 지원하는 나라
　　파리에 오기 전까지는 프랑스가 유럽 최대의 재즈클럽 보유
국인지도 몰랐다. 파리에만 재즈클럽이 30개. 또 프랑스가 세계
에서 두 번째로 라이브 재즈클럽 문화가 활발하다는 것도. '마르
시악 재즈 페스티벌'이 유럽 최대 규모인 것은 알고 있었지만 '니
스 재즈 페스티벌'이 최초의 국제 페스티벌이라는 것도 처음 알

오래전 '선셋'에서의 공연

았다. 프랑스는 대중보다 재즈 애호가 중심으로 시장이 형성돼 있고, 특히 재즈 음반을 수집하는 재즈 마니아들 덕분에 새로 나온 재즈 음반도 꾸준히 팔린다. 그중에서도 가장 부러운 것은 재즈를 '국가 차원의 문화정책'으로 지원하는 점이다. 프랑스가 세계적인 재즈 패스티벌을 이끄는 것은 '재즈'를 문화자산으로 인정하고 지원을 아끼지 않는 데에 있다.

세계대전이 끝난 시기부터 아프리카계 미국 예술가들이 파리로 이주하기 시작했는데, 이는 인종차별이 없고 특히 연주자는 특별한 대우와 존중을 해주는 파리에서 진정한 자유를 누릴 수 있었기 때문이다. 편견에 시달려온 이들에게 파리는 정신적 오아시스였다. 나는 제2의 학교인 재즈클럽을 다니면서 연주를 감상하고, 집에 돌아와서는 프랑스 재즈에 관한 책들을 구매해 공부하기 시작했다(물론 번역서로).

하루 다섯 잔의 커피, 고난의 언어 극복 여정

고작 두 달의 시간을 들인 나의 불어는 매일 여지없이 무너졌다. 내가 하는 말을 상대방이 이해하지 못하고 상대방의 말을 내가 알아듣지 못한다는 사실, 이 '언어의 장벽'이야말로 인간에게 가장 큰 장벽임을 체감했다. 또한 서로 다른 나라에 사는 사람들이 하나의 언어로 소통한다는 게 얼마나 위대한 일인가를 깨닫게 되었다. 어학원 적응도 쉬운 일이 아니었다. 그러나 어차피 헤쳐나가야 할 현실. 나는 지친 마음을 추스르고 모든 일상의 관찰자가 되기로 결심했다. 특히 사람들이 말할 때 표정, 억양, 제스처 그 모든 것을 세심히 관찰했다. 오랫동안 해왔던 '명상'이 큰 도움이 되었다. 듣기에 쉬운 문장들은 그대로 카피해서 암기해두었다가 바로 활용했다. 예를 들면 카페에서 내 앞의 노부인이 조금 전에 썼던 문장을 그대로 구사해보는 식이다. "쥬 부드레 언 카페 씰부플레Je voudrais un café, s'il vous plaît(커피 한 잔 주세요)." 그러면 카페 주인은 엄지를 치켜들며 "엑셀렁Excellent!(대단해!)" 하고 반응해준다. 하루 다섯 군데 카페를 돌며 '쥬 부드레 언 카페 씰부플레'를 외친 적도 있다. 그날 잠을 못 잔 건 고사하고, 심장 뛰는 소리가 그렇게 크게 들린 것은 처음이었다. 내 심장에서 울린 공포의 사운드가 꿀처럼 달콤한 '엑셀렁'에 굴복한 대가였다니. 이런 식의 자잘한 해프닝은 매일 일어났지만 이제 어학원이 아닌 학교를 다니며 견뎌야 할 긴장감에 비하면 아무것도 아니었다.

유럽에서도 잘 알려진 IACP는 재즈 전문학교다. 나는 오디션을 통해 프로페셔널 반에 들어갔지만 일부러 기초반에도 들어가 청강했다. 세계 각지에서 온 학생들이라 언어, 보이스, 창법을 다양하게 듣다 보면 더 공부가 될 것 같아서였다. 노래뿐만 아니라 대화를 하면서도 말하는 방식 등 모든 것을 보컬과 연관시켜 바라보고 생각했다. 매일 수업을 받고, 청강하고, 관찰하면서 일상의 루틴들을 다져나갔다. 학교생활에 적응해 가면서 부지런히 영화를 보러 다녔다. 극장 역시 학생 할인권이 있어서 좋은 영화들을 마음껏 볼 수 있었다. 학교에서는 재즈를, 영화에서는 파리지앵의 삶을, 미술관, 박물관에서는 사물을 깊이 있게 보는 법을 배웠다.

생각해보니 쇼팽이 첫 콘서트를 성공적으로 치르지 못해 좌절한 것도 파리였고, 화가들이 가장 먼저 전시회를 열고 싶어 한 곳도 파리다. '파리는 날마다 축제'라고 했던 헤밍웨이도 파리 예찬자였다. 파리에서 말문이 트이기까지 수없이 맞닥뜨린 어려운 상황에서도 나를 구원해준 것은 역시 영화와 전시회, 커피와 산책, 아주 가끔씩 관람한 오페라와 발레였다. 파리는 젊은 학생들의 천국이었다.

가장 좋아하는 프랑스어, '사 데팡'

한번은 길을 걷다가 갑자기 발밑이 시원해지길래 혹시나 하고 구두 수선점에 들렀다. 가게 주인은 조그맣게 구멍이 난 구두 바닥을 보여주며 빙그레 웃는다. 그렇게 아끼던 단화인데 구멍이 나다니! 하긴 그동안 걸어도 너무 걸었다. 아무리 발 편한 단화라도 돌바닥을 견딜 재간이 있겠는가. 구두 밑창을 물끄러미 바라보던 주인이 속삭이듯 말을 건넨다. "너무 오래 걸었어." 그리고 또 한 번의 미소. 오랜 세월 수많은 사람들의 닳은 구두를 보며 떠올렸을 '화두' 같은 그 말이 순간 내게는 '시'로 다가왔다.

어쩌면 파리에서 경험한 모든 것이 '시'였는지도 모른다. 내가 가장 좋아하는 프랑스어는 '사 데팡Ça dépend'인데, 영어로 하면 'It depends on'이다. '그때그때 다르다' 혹은 '상황에 따라 다르다'로 해석할 수 있는데 일반적으로 확실히 대답하기 어려운 상황에서 쓰이는 표현이다. 매번 새롭게 해석되는 재즈처럼 '사 데팡'은 무척이나 유연하다. 누가, 언제, 어디서, 누구와 함께 등 마치 육하원칙처럼 상황이 대입되어야 비로소 명확해지는 말이다. 정해진 답이 없으면서 모든 것을 포용하는 말, 확실히 재즈적이다.

파리를 산책하다 중세 건축 양식이 남아 있는 골목에서 재즈 선율이 울려 퍼질 때, 그곳은 나에게 고전과 현대가 시공간을 초월해 만나는 신비의 장소가 되었다. 지금도 수백 년 된 아파트의 창문들, 상점들, 성당과 꽃집, 베이커리, 카페, 거리의 풍경은 언제나 그대로의 모습으로 떠오르곤 한다. 고전문학과 재즈를 융

합한 '코리안 포에틱 재즈' 음반 프로젝트의 발상은 바로 이런 고전과 현대가 동시에 숨 쉬는 도시인 파리였기에 가능했다. 전통을 간직하면서도 미래에 대한 모험을 멈추지 않는 것, 나아가 그모든 게 하나로 연결되어 있다는 것, 삶은 언제나 새롭게 해석될수 있다는 것.

파리는 그 자체가 '거대한 재즈'

결국 내가 파리에서 배운 것은 재즈가 아니었다. 재즈가 원동력으로 작용하는 삶이었다. 나의 스승이었던 안 뒤크로는 노래를 부르지 않을 때도 노래를 부르고 있는 듯한 착각이 들곤 했는데 돌이켜보니 그녀의 삶이 스윙하고 있기 때문이었다. Bird Sound에 눈뜨게 한 재즈 보컬 메데릭 꼴리뇽은 신세계 교향곡을 틀어놓고 스캣Scat 연습을 하며 거의 매일 수 편의 영화를 보면서 아이디어를 떠올린다고 한다. 여섯 살 때부터 숲속의 새소리를 비롯해 온갖 동물 소리, 바람 소리를 연구해왔고 심지어 5개의 악기를 다룬다니 그는 노력하는 천재임이 분명하다.

안 뒤크로와 메데릭 꼴리뇽의 스윙이 흐르는 삶, 그것이야말로 내가 지향하는 삶이다. 파리의 하늘 밑 센강에 흐르던 것은 물이 아닌 시간, 다시는 돌아갈 수 없는 시간이었음을, '사 데팡'의 철학을 깨닫게 해준 파리야말로 내게는 '거대한 재즈'였음을 지금은 안다.

즉흥의 시대,
재즈로 말하다

코로나 팬데믹 이후로 우리는 불확실성의 시대를 살고 있다. 모든 것이 예측 불가능한 삶. 그 카오스를 미리 예견이라도 한 듯 고대 그리스 회의론자들은 에포케epoche 즉, 판단중지를 강조했다. 모든 것은 좋다 나쁘다를 한 번에 판단해서는 안 되며, 있다 없다를 보이는 대로 말할 수 없다는 것이다.

이것이 요즘 많은 사람이 관심을 두기 시작한 '메타인지와 맥락적 사고'다. "전체를 훤히 내려다보지 못하는 이상, 이 길들이 셀 수 없이 많은지 아니면 단 하나에 불과한지 확인한 길이 없다." 이렇게 말한 카프카 역시 판단 유보에 자신을 맡긴 듯하다. 시시각각 변화하고 있는 세계를 불교에서는 '번뇌즉보리煩惱卽菩提 생사즉열반生死卽涅槃'이라고 하는데, 번뇌가 바로 깨달음이고 태어나 죽는 것이 곧 해탈이라는 뜻이다.

생에 대한 지각적 신념, 집착, 두려움을 일축해버리는 심오한 화두가 아닐 수 없다. 결국 예측 불허의 혼돈을 잠재우는 건 해석의 힘이다. 이 긍정으로 해석된 자유로움은 다시 우리 안에 내재한 근원적인 힘으로 작용한다. 재즈의 즉흥연주처럼 자유롭게 삶을 펼쳐가기 위해서는 모든 사유와 판단을 잠시 중지하고 성찰을 통한 이완의 리듬을 익혀야 한다.

아인슈타인의 직관은 끊임없는 생각에서 발현되었다. 이 직관이 우주의 파동과 맞닿은 것이다. 직관은 수없이 접혔다가 펼쳐진 사유 끝에 나오는 통찰이다. 직관과 음악 사이, 바로 여기에 즉흥연주가 존재한다. 흔히 즉흥연주는 순간적 느낌으로 연주된다고 생각하지만, 그 내면에는 무한반복이라는 수행이 담겨 있다.

사유와 판단보다 이완의 리듬을

나에게 보컬 강의를 듣는 학생 중에 스님이 있는데, 레슨 때 배운 호흡 내리는 연습을 집중적으로 반복하면서 염불하는 호흡도 길어지고, 목소리가 맑고 편안해졌다. 호흡을 내린 덕분이다(이것을 계기로 얼마 전 '불교와 재즈'라는 유튜브를 촬영하기도 했다). 재즈와 불교가 '호흡수행'이라는 같은 길을 걷고 있기에 일어난 작은 기적이다.

호흡을 내리는 연습은 시간을 두고 꾸준히 해야 하는데 여간한 인내심이 아니고서는 호흡이 내려가는 게 쉽지 않다. 나를 낮추면 나의 호흡이 느껴지고, 진정한 내 소리가 들리기 시작한다. 소리가 들리기 시작하면 잘해야겠다는 욕심보다는 자연스럽게 부르고 싶은 마음이 솟아난다. 습관으로 어색했던 손동작이 멈추고, 어깨에 힘이 빠지면서 표정이 편안해진다.

고음이 안 되거나 성대결절이 있는 학생도 호흡을 내리면 대부분 좋아진다. 호흡을 내리고 또 내리는 것, 이것이 나의 레슨 철학이다. 그래서 나는 노래할 때 '노래하지 않으려는 마음'으로 부르기를 학생들에게 당부한다. 이런 마음이 되기까지 무한반복은 피할 수 없는 여정이며, 이 반복은 변화하기 위한 반복이다. 끊임없는 반복은 즉흥연주의 원천이 되고, 나아가 일종의 저항 정신으로 불굴의 삶을 지향하게 만든다. 그 무한한 반복은 다름 아닌 일상의 반복적인 리듬이다. 그렇게 자유로워지는 것이다.

어디에 가든, 잔잔히 흐르는 재즈의 선율이 기분 좋게 느껴지는 이유가 여기에 있다. 그것은 우리의 신경을 자극하지 않는다. 스스로를 드러내지 않고 오롯이 배경으로 남아 카페에서 매장에서 매일 소비된다. 존재하되 존재하지 않는 것. 누군가 귀 기울여 듣지 않아도 유유히 흐르고 펼쳐지는 것. 이것이 바로 재즈의 진정한 매력이다.

재즈 콘서트에서 관객을 열광시키는 화려한 솔로 연주는 반복적인 통주저음 위에서 펼쳐질 때 비로소 빛이 난다. 그 찰나가 지나고 나면 다시 통주저음으로 무한 반복되는 세계에 들어선다. 그 찬란한 순간을 맞이하기 전까지는 같이 연주하고 있는 상대방의 소리를 온전히 들어야 한다.

즉흥, 재즈의 정신

세계적인 재즈 뮤지션인 허비 행콕Herbie Hancock이 공연 중 실수했을 때 마일즈 데이비스Miles Davis가 유연하게 멋진 화음으로 바꿔 연주한 일화는 상대방의 소리를 온전히 듣고 신뢰하는 것이 얼마나 위대한지를 보여주는 사례다. 즉흥연주는 일종의 두려움이다. 공연마다 일어나는 예기치 않은 상황을 조율하기 위해 연주자들은 끊임없이 소통해야 한다.

요즘 신경과학자들의 강연이 많은 이들의 공감을 자아내는 것은 '마음과 감정'이 건강한 삶에 얼마나 영향을 미치는지 과학적으로 설명해주기 때문이다. 이러한 마음의 시대를 사는 우리에게 '소통'은 운명이다. 우리는 소통하기 위해 태어났다. 나와 타인, 그리고 시대와 소통하기 위해 우리는 우리 안에 있는 위트와 순발력의 선율이 지속되도록 반복되는 일상을 손님처럼 맞이하고 '다양한 시선'이라는 악기로 즉흥연주를 할 수 있어야 한다.

"아름다운 것은 추한 것, 추한 것은 아름다운 것"이라는 스탠리 휘트니의 말은 '경계 없음의 시대'를 겨냥한 재즈적 표상이다. 정해진 것은 없다. 필요한 것은 세상을 향해 자유롭게 열려 있는 재즈의 정신이다. 즉흥연주는 이미 시작되었다.

심고우리corishim ©

삶을 스캔하고,
스캣하라

"호른 연주자가 되려면 악기 연주를 연습하는 것도 중요하지만 먼저 건강한 사람이 되어야 한다. 스트레칭, 명상, 요가, 알렉산더 테크닉을 연습하고 수영과 조깅 등의 운동을 해야 하며, 무엇보다 잘 먹고 잘 자야 한다."

노르웨이 음악원의 호른 연주자 율리우스 프라네비 키우스의 이 글이 마음에 와닿는 것은 호른 연주, 노래뿐만 아니라 다른 모든 분야의 일을 잘해 나가기 위해서도 필요한 것들을 간결하게 알려주기 때문이다.

내가 요가에 관심을 갖고 시작한 것은 이십대였다. 세미나에서 들었던 요가 선생님의 쩌렁쩌렁한 목소리에 압도되어 바로 그날 등록을 해버린 것인데 안타깝게도 그 열정은 1년을 넘기지 못했다. 단계가 올라간 만큼 난이도가 더해진 동작들에 대한 두

"

려움 때문이었다.

그 이후 나는 요가를 하는 대신 명상에 관한 서적들을 찾아 읽기 시작했다. 그러나 그때의 독서는 순간적인 감동에 그쳤을 뿐, 이 명상이 실제로 마음을 들여다보는 마음챙김이 되는 데에는 오랜 시간이 흘렀다. 마음챙김이 시나브로 생활 속에 자리 잡으면서 건강해지고, 목소리도 깊어졌다.

스캔scan은 사진, 문서를 복사해서 이미지 파일로 저장하거나 프로그램의 내부를 검색해 필요한 항목을 찾는 것을 뜻하지만 동사로는 '무엇을 유심히 살피다'라는 의미도 있다. 요즘 유행하는 바디 스캔body scan 명상은 마치 스캐너로 스캔하듯이 각 신체의 부분을 집중해서 관찰하며 몸의 상태를 알아차리는 명상이다.

알아차림은 다시 명확하게 보는 것이다. 스캔과 알아차림(awareness)은 그대로 살피고 느낀다는 의미에서 많이 닮았다. 바디 스캔은 단순히 몸의 상태를 살피는 것이 아니라 몸과 마음을 일치시켜서 열려 있는 감각으로 '완전히 깨어남'이며, 내 몸의 감각을 세밀하게 느끼고 이완시킴으로써 몸의 균형을 찾아가는 과정이다. 눈을 감고 신체의 각 부분에 조용히 머물며 집중하다 보면 긴장된 곳이 느껴지는데 그곳에 바로 편안한 마음을 가져야한다. 마음으로 몸을 수용하는 순간, 호흡은 부드러워지고 억눌린 감정들이 고요해지며 몸은 날아갈 듯 가벼워진다.

몸과 마음이 이완된다는 것은 온전한 자신의 상태로 돌아가는 것이다. 모든 의식과 의도를 내려놓고 스스로를 알아차릴 때 내 안의 소리(Innervoice)에 귀를 기울이게 된다. 피타고라스도 말하지 않았던가. "고요할수록 많은 것이 들린다"라고.

마음이 흔들리면 호흡이 고르지 않다.

바르지 않은 자세는 성대에도 영향을 미친다. 공황장애나 우울증은 호흡장애로 나타나며, 에너지가 막혔을 때 나타나는 증상이 두려움이라고 한다. 다정해지면 혈당이 내려간다는 연구 결과도 있다. 몸에 대한 소통과 새로운 인지는 원활한 혈액순환과 건강한 삶으로 이어진다.

건강한 삶은 재미있는 삶이다. 재미는 원래 자미滋味의 뜻도 있는데 풍부한 맛을 의미한다. 몸과 마음이 건강해야 다양한 맛을 지닌 재미있는 삶을 누릴 수 있다. 爻(사귈 교), 이 글자는 사람이 다리를 꼬며 춤을 추는 모습을 형상화한 한자다. 교제한다는 것이 함께 춤을 추는 것이라면, 만나면 누구나 함께 춤으로 주거니 받거니 열린 마음으로 소통이 가능했을 것이다.

《서경》에는 '시는 사랑의 뜻을 말로 표현한 것이고, 노래는 가락을 붙여 길게 말하는 것'이라는 구절이 있는데, 사람과 사람이 만나서 대화하는 것이 옛 선인에게는 함께 춤추고 노래하는 것을 의미했는지도 모른다. 결론적으로 재미있는 삶은 마치 노래하고 춤추며 사는 기분으로 신명나게 사는 것이다.

장자莊子는 음악론에서 '임악林樂(숲의 음악)'이라 하여 숲에서 들리는 새소리, 바람소리 등 모든 소리가 '자연의 주는 최고의 음악'이라 하였다. 그리고 '무릇 음音이란 사람의 마음에서 생기는 것'으로 소리를 낼 때는 '일정한 소리에 얽매이지 않아야 함'을 강조했다.

자연의 리듬을 받아서 사람의 마음을 움직이는 것이 연주이기에, 연주할 때는 온몸이 리듬을 타야 하고 음악을 들을 때는 귀로 듣지 않고 마음으로 들어야 한다는 장자의 주장은 재즈의 스캣에도 적용된다. 스캣Scat은 가사 없이 악기처럼 음을 내는 것을 말한다.

루이 암스트롱이 〈Heebie Jeebies〉라는 곡을 녹음하던 중에 악보를 떨어뜨려 즉흥적으로 흥얼거리듯 노래한 것이 시초인데, 이는 당대의 히트곡이 되었다. 재즈 보컬들의 스캣에는 모두 각자의 개성이 있다. 정해진 발음(Syllable)이 없기에 자신의 목소리를 다양하게 표현할 수 있다.

브이야 르바르밥…댑, 데이요데이요…바루루 레이오…두웨에 으레로레로…베레레 레럽…레이아 르와…두비두웨에…두웨든 두웨든…슈브르브 르밥…뤠바리야…루바루밥……

내가 자연스럽고 편안하게 구사할 수 있는 발음이면 된다. 가사에서 자유로워진 스캣의 세계는 무한히 열려 있다. 앞서 얘기한 장자의 음악론과 스캣이 중첩되는 지점이 바로 여기다. 무한히 열려 있는 것. 스캣은 악기 소리를 흉내 낸 것이고, 이 악기는 자연에서 온 것이다. 악기는 자연의 소리를 담고 있으므로 스캣은 자연스러운 소리가 되어야 한다.

어떤 재즈 보컬은 '깅기리잉 갸양걍걍 거엉겅 공공'으로, '계이름'으로 스캣을 한다. 또 어떤 보컬은 가사를 부르지 않고, 휘슬whistle(호루라기) 사운드로 처음부터 끝까지 부르는가 하면, 아예 입트릴(입술털기)로 스캣을 선보이는 보컬도 있다. 가히 스캣의 향연이다.

스캣은 내 안에 내재해 있던 뮤즈다. 그 뮤즈가 연주자의 스캣으로 쏟아진다. 최고의 몰입으로 빛처럼 쏟아지는 소리. 장자가 말한 자연의 리듬을 타기 위해서는 몸과 마음을 먼저 스캔해야 한다. 건강한 몸 상태를 유지하고 고요함 속에서 자연의 감정이 우러나도록 기다릴 줄 알아야 한다. 다양한 스캣의 발음을 위해서는 곡 해석과 스케일 연습, 그리고 혀의 이완을 위한 부단한 노력이 필요하다.

얼마 전 수업 시간에 있었던 일이다.

학생이 "교수님, 스캣을 어떻게 해야 할지 모르겠어요" 하고 묻는다. 가사로 익히고 나니까 스캣도 하고 싶단다. 코드 톤으로 음을 내기는 하는데 '빠아아 빠아아'가 전부다. 편한 발음을 내보라고 하니 고개를 절레절레 흔든다.

"참, 지난주에 아르바이트하느라고 바빴겠구나."

"네, 바빴어요."

(이거다!)

"많이 바빴니?"

"엄청요."

"그럼 '바빠'로 스캣해보는 건 어떨까? '바빠'를 바쁜 마음으로 휘몰아치듯이 네 번 정도 연달아 해보는 거야."

당황할 것 같던 학생이 환해진 얼굴로 '바빠'를 쏟아낸다. 굿.

(이제 '바빠'를 가지고 리듬 바리에이션만 하면 된다)

바아아아아 바밥빠. 아바바아아 빠아바밥. 아밥빠. 으밥빠아아. 바아바밥빠 으밥 바빠. 바아바아바바 밥빠…

수업을 마치고 보니 30분이 더 지나 있었다. '바빠'가 준 몰입의 경지다.

오늘 아침 지하철에서 들리던 두 사람 대화의 대부분은 "그래그래그래그래, 내 말이. 맞아맞아맞아, 누가 아니래, 누가 아니래"였다. 아무리 들어도 내 귀에는 스캣이다.

코리안 포에틱 재즈 2집(용비어천가) 음반 중에 실린 고려가요 〈이상곡〉에서는 의성어로 스캣을 만들었다. '다롱디리 디우셔 미륵사지 마두너즈 너우셔 너우지…' 순수한 우리말이다. 가끔씩 번개 치듯 쏟아지는 나의 아이디어는 몸과 마음을 스캔하면서 열리기 시작했다. 최근에 몰입하고 있는 것은 새소리처럼 내는 스캣이다.

일명 '새소리 스캣.' 이 스캣은 최고의 컨디션과 몰입이 될 때만 가능한 소리다. 이 시도는 3

'KPJ 코리안 포에틱 재즈'의 앨범들
《용비어천가》와 《오감도》
허성우 작곡, 임미성 노래

집 앨범(오감도) 첫 곡 〈Boiteux, Boiteuse〉 속에 들어 있다. 몸과 마음이 편안해지고 더 깊이 보고 들을 수 있으려면 매일 나의 상태를 스캔해야 한다. 스캣은 또 다른 '내 안의 말'이다. 한 번도 해보지 않은, 그래서 더욱 신비롭고 에너지 넘치는 말. 이렇게 시도되는 다양한 말은 풍부한 삶을 만드는 토대가 될 것이다. 삶을 스캔한다는 건 삶을 스캣하는 것. 스캔이 되면 스캣이 된다. 혹시 아는가? 당신 안에 놀라운 스캣이 숨어 있을지.

빈 마디의 힘

　　재즈는 처음에 모든 연주자가 테마(멜로디)를 연주하고 나서 돌아가며 즉흥연주(솔로)를 하게 되는데 이때 연주자들이 보고 있는 것은 악보의 음표들이 아니라 각 마디 위에 적힌 코드들이다. 이것은 곡의 구조를 알려주는 사인Sign이다. 재즈 연주를 들으며 사람들이 궁금해하는 필feel의 원천은 '빈 마디'다.

　　연주자들은 빈 마디를 연주하는 것이다. 그들은 그 빈 마디를 채우기 위해 수년, 수십 년을 고민하고 연습한다. 그러나 필은 결코 완성되지 않고 자연스러워질 뿐이다. 빈 마디를 너무 많이 채웠다면 몇 마디는 그대로 쉬어가도 좋다. 각 연주자는 보이지 않는 음표로 자기만의 '서사'를 만들고, 그 미세한 신화를 완성하기 위해 연습, 연습, 그리고 또 연습한다.

　　재즈 연주의 형식이 흥미로운 것은 처음에 다 함께 테마(멜로

디)를 연주함으로써 문제를 해결한 다음 각자의 솔로solo를 전개
하며 문제를 다시 제시한다는 점이다. 제시라기보다는 오히려
제안에 가깝다. "나는 이런 이야기를 하고 싶은데 너의 의견은
어때?"라는 연주를 시작하면 "음~ 가만있어 보자. 잠깐 들어보
고 알려줄게"라는 연주로 화답하는 것이다. 문제 해결과 문제 제
시가 뒤바뀌는 상황. 이것이 재즈의 매력이다.

말없는 것을 고백해야 하는 예술

이렇게 각자의 이야기를 마친 후 처음의 테마(이야기)로 돌아
간다. 사실, 테마를 끝내고 시작되는 빈 마디의 연주는 낯설고 두
렵기 마련이다. 이 두려움을 완화할 방법은 테마 바리에이션
variation이다. 기존 멜로디와 닮아 있으면서 약간 다른 각색의 과
정이다. 바리에이션을 연습하다 보면 곡의 흐름을 더 가까이 인
지할 수 있게 된다.

두 번째 방법은 동기부여(motivation)이다. 테마를 만들 만한
실마리(멜로디)를 발전시켜 나가는 것이다. 단발적으로 사라지는
멜로디가 아니라 기·승·전·결의 맥락을 가지고 있어야 한다. 코
드와 리듬, 화성 진행에 대한 분석을 마친, 이런 과정을 통해 연
주자의 솔로Solo(글쓰기에서의 서사)가 완성된다.

빈 마디. 이것은 다름 아닌 삶이라는 '텅 빈 서판(Tabula Rasa)'
이다. 살아 있는 한 연주든 일상이든 마디와 서판을 채워나가야

한다. 비우고 채우기, 때로 채우고 비우기. 그 지난한 선택은 각자의 몫이고 운명이다. 그림에 대한 푸생의 표현을 빌리자면 재즈는 "말 없는 것(빈 마디)을 고백(연주)해야 하는 예술"이다.

재즈 색소폰연주자 조슈아 레드맨Joshua Redman은 "재즈는 연약함에 대한 음악"이라고 말한다. 무엇을 연주할지 모르는 채로 무대에 올라가기 때문에 다른 연주자와 잘 연결되기 위해서는 들을 준비가 된 열린 상태로, 자신의 약함을 드러낼 준비가 되어 있어야 한다는 것.

재즈에 대해 이처럼 멋진 표현을 들어본 적이 없다. '연약함'에 대한 음악이라니! 빈 마디를 직면해야 하는 연주자에게 연약함은 숙명과도 같다. 빈 마디는 그러나 비워진 채로 존재하지 않는다. 이 텅 빈 카오스의 공간은 연주자에게 있어 결정적 자유와 함께 소통할 수 있는 상상의 유토피아다.

빈 마디 안에서 연계된 상상은 현재와 미래를 연결한다. "이야기하기 위해 인내하라. 그 후엔 이야기를 통해 인내하라"는 페터 한트케의 명언은 매 순간 빈 마디의 보이지 않는 선율을 구상하는 재즈 연주자에게 가장 현실적인 조언이다. 빈 마디는 타인을 향해 늘 열려 있는 공간이다. 채워져 있는 것은 열리지 않는다. 구스타프 말러의 교향곡들이 여전히 빛나는 것은 "음악에서 가장 중요한 것은 악보에 기록되어 있지 않다"는 그의 철학이 작품에 내재해 있기 때문이다.

비워냄으로써 채워지는 빈 마디

모든 연주자가 빈 마디의 서사(즉흥연주)를 마치고 처음의 테마로 돌아갈 때, 그전까지 연주자들이 펼쳐 보인 솔로는 소멸한다. 모든 것을 비워냄으로써 채워지는 빈 마디. 이것이 재즈의 힘이다. 낯선 세계를 향한 결핍과 연약함, 진정한 힘은 여기에서 시작된다.

영혼의 빈 마디가 가장 많았던 쳇 베이커.

그는 삶의 벼랑 끝에서 걸어 나올 수 있는 자만이 낼 수 있는 목소리를 가졌다. 실패와 방황과 마약으로 피폐해진 영혼, 연약하지만 꾸밈없는 그의 노래는 언제 들어도 질리지 않는다. 무심히 계속 듣게 되는 노래. 그는 실패하지 않았다.

나는 너무 매끈한 브랑쿠시의 조각 〈새〉(이보다 매끈할 수는 없다)보다는 위태롭게 허공을 가로지르는 거칠고 우울한 자코메티의 조각 〈걷는 사람〉에게 더 끌린다. 금방이라도 떨어져 나갈 것 같은 가녀린 청동 조각들. 우리 내면의 해구를 들여다보는 듯한 그의 인물들은 감상의 불편함을 견딜 수만 있다면 그들이 던진 질문에 답하고 싶은 마음마저 들게 한다.

자코메티는 완성된 작품들의 조각들을 뼈대만 남을 때까지 제거한다. 뼈대, 이것이 자코메티의 빈 마디다. 자코메티는 작품을 만들 때 그저 눈에 보이는 것을 충실하게 표현하려고 했으며 자신이 보고 있는 것이 무엇인지를 제대로 알고 싶어서 매일 시도하고 있을 뿐이라고 했다. 작품에서 본질을 끄집어내려는 그의 철학과 작업 과정은 지극히 재즈적이다.

나는 또 연약함이 느껴지는 글들을 좋아한다. 가령 로맹가리의 소설《그로칼랭》에 나오는 구절. '자랑은 아니지만 나는 약한 사람이다. 그래서 잘났다는 얘기가 아니라 그냥 인정하는 것뿐이다. 내가 너무 약하게 느껴져서 뭔가 잘못됐다 싶을 때도 있다. 내가 무슨 말을 하고 싶은 건지 모르겠어서 이렇게만 말해둔다.'

혹은 말라르메의 발표되지 않은 시들. 그가 진정으로 아꼈던 시는 사람들에게 "이러저러한 것을 쓰고 있다. 이러저러한 것을 구상 중이다"라고 얘기하는 시간들이다(처음부터 그는 발표할 마음이 없었다). 실제로 말라르메는 발표되지 않은 소설들로 유명한 작가다.

그리고 삶 자체가 빈 마디였던 방랑시인 바쇼의 하이쿠들. 결국 나의 취향은 어딘가 연약한 혹은 질문을 던지는, 불안한 작품들이다. 아이러니하게도 이 불안한 취향들이 모여 진가를 발휘하는 순간은 무대에서 연주하게 될 때다.

영혼을 죄어오는 조바심, 당장 내려놓자!

연주자들의 솔로를 계속 듣다 보면 빈 마디를 채우는 것은 음표가 아니라 개인의 촘촘히 짜인 서사라는 것을 알게 된다. 그렇다면 마지막에 다시 한번 테마를 연주하면서 그 이전까지 빈 마디를 채워나간 연주자들의 솔로는 과연 사라졌을까?

답은 아니다, 이다. 찰리 파커, 존 콜트레인, 빌 에반스, 덱스터 고든……. 많은 재즈 뮤지션의 솔로는 다시 기보화되어 악보집으로 나와 있으며 지금도 여전히 연주된다. 전통의 계승과 서사의 진화가 진행되는 순간이다.

얼마 전 이슈가 되었던 책《서사의 위기》에서 한병철 교수는 서사가 사라지고 스토리텔링과 데이터만 남은 문화현상에 대한 문제점들을 제시한다. 서사와 신화가 사라지고 잡담만 남는 세상이 온다면 상상만 해도 두렵다. 다행히 아직 '서사'가 살아 숨쉬는 케렌시아(안식처)가 있다. 개인의 서사가 삶의 형태처럼 펼쳐질 수밖에 없는 곳, 바로 여기 눈앞에 있는 재즈 악보의 빈 마디들이다. 이곳에서는 건너뛰거나 삭제, '좋아요'를 누를 필요가 없다.

우리의 상상을 지켜줄 서사의 힘, 그것은 빈 마디에 있다. 삶은 그 자체로 서사가 되어 채워나갈 수 있는 빈 마디다. 그러니 서두를 필요가 없다. 하루에도 수십 번 우리의 영혼을 죄어오는 조바심. 이것만 내려놓으면 된다. 그러나 당장!

삶의 '결정적 순간'을
다른 방식으로 바라보기

《결정적 순간》은 프랑스 사진작가인 앙리 카르티에 브레송Henri Cartier Bresson의 사진집이다. 포토저널리즘을 함께 이끈 로버트 카파가 '사진들의 바이블'이라 부른《결정적 순간》은 전 세계 예술계의 화두처럼 퍼져나갔고 이후 카르티에 브레송은 '결정적 순간의 작가'라고 불리기 시작했다. 작가이자 비평가, 기하학자이자 무정부주의자이며 불교에 심취한 초현실주의자였던 카르티에 브레송은 미술 아카데미에서 큐비즘과 초현실주의를 공부하며 화가로서의 재능을 보이기도 했는데 그의 사진에 내재한 미학은 바로 회화의 황금률이 반영된 것이었다.

20세기 최고의 포토 저널리스트로서《르 몽드》가 사진계의 톨스토이라 부른 카르티에 브레송에게 가장 중요한 주제는 인간이었다. 그의 말처럼 "사진보다 인간의 삶에 더 관심이 많았던"

만큼 그는 사진에서 인위성을 일절 허락하지 않았다. 간디의 장례식에서 장작을 태우는 순간에서부터 라자르역의 일상의 순간까지, 그는 자기가 찍어야 하는 순간을 놓치지 않고 포착함으로써 '찰나의 기적'을 보여준다. 이는 인간에 대한 통찰력을 가진 (오직 50밀리 렌즈를 고집한) 사진가만이 가능한 기적이다.

사진은 순간을 영원히 포획하는 단두대

처음에 쓰인 카르티에 브레송의 사진집 제목은 '재빠른 이미지'였다. 출판사에 편집을 부탁하는 과정에서 수정된 제목인 '결정적 순간'은 17세기 프랑스의 정치가이자 작가인 레츠 추기경이 "이 세상 일치고 결정적 순간이 아닌 것이 없다"라고 말했던 부분에서 차용한 것이다. 카르티에 브레송에게 이 '결정적 순간'은 불교의 '찰나의 순간'과도 같은 의미였다.

"세월은 어김없이 흘러서 오직 우리의 죽음만이 붙잡을 수 있을 따름이다. 사진은 영원을 밝혀준 바로 그 순간을 영원히 포획하는 단두대다."

그는 결정적 순간을 영원히 포획하기 위해 매 순간 열정적으로 셔터를 눌렀다. (언제나 라이카 카메라를 애용했고) 특히 인물사진을 찍을 때는 그 사람만이 지닌 숨겨진 표정을 포착해내어 사람들을 놀라게 했다. 센강 다리 위에서 카르티에 브레송이 찍은 사르트르는 사팔뜨기인데 그것은 사르트르가 가진, 세상을 향한 내면의 시선에 대한 일종의 포착이었다. 그는 프레임 안에서의 동작이나 표정이 자연스럽게 드러날 때까지 서두르지 않고 한발 물러나 대기했다. 안정감과 균형의 테크닉, 결정적인 순간을 위해서…….

《결정적 순간》에는 전 세계를 누비며 찍은 역사적 사건과 역사적 인물들이 등장한다. 삶과 인간에 대한 깊은 통찰과 따스한 시선은 포토저널리즘의 선구자인 카르티에 브레송의 철학이었다. 그는 말한다. 그저 삶을 바라볼 뿐이라고. 사진에서 한 번 흘깃 보는 것만으로도 그 전체를 바라보고 지각할 수 있다고.

다른 방식으로 세상 보기

"사진은 기계적 기록이 아니다. 이미지는 재창조되었거나 재생산된 시각이다"라고 말한 존 버거John Peter Berger는 사진에 관한 독창적인 글쓰기로 유명한 작가이자 사회비평가, 미술평론가, 화가, 시인, 소설가다. 소설《G》로 맨부커상을 받으며 상금의 반을 기부한 것으로도 유명하다. 순간적인 장면에 관한 짧은 글 모음인《글로 쓴 사진》에는 (사진에 관한 글로 유명한) 수전 손택이 "D. H. 로렌스 이래 세계를 이토록 주의 깊게 써낸 작가는 없었다"고 할 만큼 깊이 있고 유려한 문장들이 담겨 있다. 카르티에 브레송을 대표하는 것이《결정적 순간》이라면 존 버거의 또 다른 이름은 '다른 방식으로 보기'다. 존 버거의 미술비평서인《다른 방식으로 보기》는 미술비평의 새 장을 열며 1972년 출간 이후 지금까지 꾸준히 독자들의 사랑을 받는, 미술 전공자들의 필독서다.

"말 이전에 보는 행위가 있다. 아이들은 말을 배우기에 앞서 사물을 보고 그것이 무엇인지 안다. 한 장의 사진을 볼 때 우리는 막연하게나마 그 사진이 사진을 찍는 사람의 무한히 많은 시각 중에서 특별히 선택된 것이라는 사실을 의식한다. 사진가의 보는 방식은 주제 선택에 반영된다. 우리가 사물을 보는 방식 또한 우리가 믿고 있는 것에 영향을 받는다."

그는 현대의 복제예술이 예술의 권위를 파괴하고 예술을 그 어떤 보호영역으로부터 떼어냈고, 이제는 예술 이미지가 순간적이며 도처에 존재하고 실체가 없으며, 어디서나 얻을 수 있고 마치 언어처럼 우리 주위를 둘러싸고 있다고 한다. 그리고 복제본과 원작을 대하는 방식에도 새로운 시선을 제안한다. 그림을 감상하는 데 있어 원작을 보는 것만이 유일한 방식은 아니며, 물론 원작이 지닌 침묵과 고요함을 느낄 수 없다 하더라도, 보다 중요한 것은 과거의 미술을 더 이상 과거에 대한 향수의 감정으로 바라보지 않을 때 그 작품은 성스러운 유물 이상의 의미를 지닌다는 것이다.

존 버거의 또 다른 작품《제7의 인간》은 유럽 이민 노동자들의 경험에 대한 기록으로, 단순히 노동자의 삶을 그려내는 데 그치지 않고 그들의 소외감, 정체성의 혼란, 개인의 고뇌를 노동 현장의 사진들(장 모로)과 함께 보여주고 있다. 이는 이주 노동자에게 무심한 유럽 사회에 대한 비판의 시선이었다. 그의 '다른 방식으로 보기'는 이 책에서는 타인을 이해하는 방식으로 이어진다.

"다른 사람의 경험을 이해하려면 그 세계에 들어 있는 사람의 관점으로 바라본 모습을 해체하여 자기 시각으로 재조립해볼 필요가 있다. 예를 들어 다른 사람의 선택을 이해하려면, 그가 부닥쳤거나 거절당했던 다른 선택들의 결핍 상태를 상상 속에서 직시해보아야 한다."

인생의 중반부를 넘기고 시골에서 농부로 살며 글쓰기를 멈추지 않았던 존 버거. 그의 예술적 원천은 '다른 방식으로 보기'였다.

"미끄러져 들어가 사물의 우연 같은 일치점에 맞닥뜨리는 것, 그런 일치점에는 끝이 없어요. 우리가 단지 짧은 순간만이라도 본질적인 질서를 볼 수 있는 것은 이 일치 덕분이지요."

다른 방식으로 사물을 혹은 세계를 보려면 오랜 사유가 필요하다. 결정적 순간들을 끊임없이 포착하는 침묵과 고독의 시간을 견디어낸 사람만이 글로 사진을 쓸 수 있는 것이다.

직감이 시간을 이끄는 찰나의 순간

결정적 순간, 그리고 포착은 사진에서뿐만 아니라 모든 예술과 삶에도 적용된다. 우리는 늘 시간을 얘기하지만 정작 순간에 대해서는 아는 바가 별로 없다. 실존철학과 시를 접목시킨 '시단의 모차르트' 비스와바 쉼보르스카는 '순간'을 이렇게 노래한다.

시선이 닿는 저 너머까지 이곳을 송두리째 지배하는 건
찰나의 순간
지속되기를 모두가 그토록 염원했던
지상의 무수한 시간 중 하나

카르티에 브레송의 《결정적 순간》이나 존 버거의 《다른 방식으로 보기》가 여전히 독자들에게 울림을 주는 것은 세계와 인류에 대한 사랑, 그리고 통찰력이 숨 쉬고 있기 때문이다. 무수한 선택의 기로에서 '결정장애'의 시대를 사는 우리에게 '결정적 순간'은 늘 화두처럼 다가온다. 따지고 보면 일상의 모든 순간이 결정적 순간이다. 그러나 매 순간을 깊은 시각으로 마주하지 않으면 위대해질 수도 있었을 순간이 아디아포라(대수롭지 않은 것)가 될 수 있다. 카르티에 브레송처럼 언제 찍어야 할지, 찍지 말아야 할지에 대한 판단력을 갖추려면, 존 버거의 '다른 방식으로 보기'가 필요하다.

'결정적 순간'은 연주자에게도 가장 중요한 말이다. 그 순간에는 오로지 직감만이 시간을 이끈다. 그러나 그 직감이란 그냥 주어진 느낌이 아니라 오랜 시간 실패를 거듭한 숙련에서 비롯된 것이다. 지난 공연에서는 늘 하던 대로 연주하지 않고, 낭독으로 인트로를 연주했다. 결정적 순간에 다른 방식으로 시도한 공연이었는데 그것은 그 이전에 낭독으로 연주한 경험이 있었기에 가능한 것이다.

요즘 '정보 탐식자들(Infovores ← Carnivore+Information)'이라는 새로운 용어가 유행이다. 모든 정보를 거르지 않고 탐식하다 보면 결국엔 집중력이 한계를 드러내고, 그러다 불면증과 불안증에 시달리게 될 것이다. '결정적 순간'이라는 말이 낯설게 느껴지는 때가 머지않을 수도 있다. 이것은 예술가, 운동선수, 연주자들뿐만 아니라 일상을 사는 모든 사람에게 매일 매시간 필요한 말이다. 이 '결정적 순간'으로 우리는 영웅이 되기도 하고 바보가 되기도 한다. '결정적 순간의 포착'은 눈과 발과 마음이 사람과 세계로 연결되어 있음을 알고, 어린아이와 같은 호기심 어린 시선으로 끊임없이 사물을 관찰하고, '다른 방식으로 보기'가 마침내 가능해진 지점에서 단번에 터져 나오는 기적이다.

존 버거가 30여 년을 농사지으며 글쓰기를 한 것은 자연에 더 다가가기 위해서였다. 그는 자연에서 보는 법을 다시 익히고 끊임없이 사유하고 글을 썼다. 카르티에 브레송처럼 그의 삶은 하나의 시였다.

카르티에 브레송의 사진들을 오래 감상하다 보면 예리한 '결정적 순간의 포착'을 배우게 된다. 이전과는 다른 방식으로 나 자신과 타인을 바라보고 싶을 때 존 버거의 저서들은 큰 위안을 준다. 만약 삶 자체가 결정적 순간이라면, 매일 나와 세상을 다른 방식으로 바라볼 필요가 있지 않을까.

끝이란 없다

20세기 모더니즘과 페미니즘의 기수였던 영국 작가 버지니아 울프Virginia Woolf는 글보다 제빵 솜씨에 자부심을 느꼈다. 빵을 만드는 과정에서 빵의 발효 상태를 확인하는 데 필요한 미세한 관찰과 인내심은 작가의 훈련에도 필요한 것들이었다. 섣부른 판단을 하게 되면 빵은 덜 익거나 타게 될 것이다. 울프는 상상이 시간과 상호작용하며 소설이 완성되듯, 물질(밀가루, 물, 소금, 베이킹파우더, 불)과 시간의 상호성이 중요하다는 사실을 깨달았다.

소설 속 인물들과 함께 여전히 재생되는 삶
"어느 평범한 날, 어느 평범한 마음을 들여다볼 필요가 있다"는 그녀의 말은 내면적 삶에 유유히 흐르고 있는 무의식에 대한 고백이었다. 추구와 연민이 글쓰기와 상관없어 보이는 일상의 순간에서도 이처럼 '성찰적 시선'을 놓치지 않은 울프의 소설들은 감정의 변화에 따라 펼쳐지는 '내적 독백'과 '시적 언어'로 모더니즘을 이끌었다. 울프는 페미니즘의 고전이 된 《자기만의 방》을 통해 처음으로 여성의 경제적 자유를 논했으며('연 500파운드와 자기만의 방이 필요하다') 하루 동안의 이야기를 다룬 《댈러웨이 부인》에서는 과거와 현재, 인물들의 교차하는 의식의 흐름을 보여주었다.

그의 소설에서는 사건보다는 내적 독백, 경험, 기억, 파편적 구조가 중요하게 다루어지는데 이것이 바로 울프의 '의식 흐름 기법'이다. 감정의 흐름이 시간과는 다르게 배치되는 스타일을 고안해낸 것이다. '나만의 길을 따르는 것이 내 글, 삶의 정당성'이라고 한 그녀의 신념은 많은 작품에서 아낌없이 발휘되었다. 그러나 어린 시절 고통과 트라우마로 우울증을 앓았던 것이 이유였을까. 버지니아 울프는 1941년 흐르는 강에 뛰어들어 생을 마감한다.

하지만 "인생이 어떻든 계속 살아가야 한다"고 했던 그녀의 선언은 지금도 여전히 재생되고 있다. 그녀의 소설 속 인물들의 삶은 아직 끝나지 않았다. 서두를 필요도 반짝일 필요도 없이, 오직 자신으로 살았던 울프의 삶 또한 재생될 것이다. 자기 자신이 되어 살아가는 게 어려워진 세상이라면 더더욱.

경계와 장르를 교차하는 글쓰기, 발터 벤야민

'지금-시간'이라는 개념을 만든 독일의 세계적인 현대 철학자이자 미학자, 문학 이론가이며 번역가, 문예비평가, 매체 이론가로서 예술, 철학, 문화비평에 이르기까지 지대한 영향을 미친 사상가 발터 벤야민Walter Benjamin. 그의 오래된 독자이지만 여전히 쉽지 않은 내게는 그가 철학자가 아닌 프리재즈 연주자처럼 느껴질 때가 있다. 마치 파편화된 사운드와 흩어진 순간들이 모여 일시적 조화를 이루면서 해방의 가능성을 제시하는 것처럼.

벤야민의 《일반 통행로》는 단상과 메모, 짧은 아포리즘과 에세이들이 담긴 '문장의 파편집'이다. 연속적인 단편들이라 아무 페이지나 펼쳐 읽을 수 있다. 반만 읽거나 몇 페이지 읽다가 그만두어도 어색하지 않다. 파편적 글쓰기가 독자에게 선사하는 잠깐의 해방이다. 경계와 장르를 교차하는 그의 작품들은 모더니즘뿐만 아니라 포스트모더니즘까지 아우르는 방식을 취하고 있다. 가장 많이 인용된다고 알려진 《기술 복제 시대의 예술 작품》에서 벤야민은 "예술 작품이 사진과 영화, 포스터, 상품으로 복제되는 시대의 예술 작품에서는 작품 고유의 '아우라Aura'가 소멸한다"고 말한다. 동시에 예술 작품을 쉽게 수용할 수 있는 대중적이고 새로운 감각적 경험이 가능함을 제시하고 있다.

같은 시대는 아니었으나 전통 재즈의 '아우라'라 할 수 있는 멜로디, 화성, 리듬이 붕괴되면서 출현한 프리재즈가 '순간의 충돌’이라는 새로운 경험을 청중에게 전해준 것과 크게 다르지 않다. 그의 텍스트를 이루고 있는 ‘파편’ ‘충돌’ ‘인용’은 망명 생활로 유럽 전역을 떠돌며 기사와 칼럼을 쏟아냈던 일종의 노마드식 글쓰기였다.

그의 폭넓은 사유 세계는 현실과 환상, 꿈과 우화를 구별 짓지 않는다. 감정도 예외는 아니다. 벤야민은 ‘슬픔의 철학자’라고 불리기도 하는데 이는 그가 ‘멜랑콜리’를 단순한 우울증이 아니라 현대 사회의 본질을 이해하기 위한 ‘중요한 감정’으로 선언했기 때문이다. 그는 역사적인 진보와 소멸이 진행될 때 느껴지는 ‘멜랑콜리’를 새로운 관점으로 받아들일 것을 강조했다. 그에 따르자면 ‘행복 강박증’에 시달리는 현대 사회의 위기 속에서 슬픔은 때로 ‘역동적인 힘’이 될 수 있다.

벤야민은 1927년 일생의 역작인《아케이드 프로젝트》를 집필하기 시작한다. 현대에 와서 ‘쇼핑몰’로 불리는 파리의 ‘아케이드(파사주Passage: 유리 지붕과 개방된 통로로 이어진 회랑식 상점가)’는 유행을 알리는 쇼윈도의 드레스들, 골동품 가게와 광채를 품은 신상품이 놓인 진열대, 레스토랑, 카페들이 군집해 소비문화의 꽃을 피우는 명소가 되었다. 벤야민에게는 파리의 아케이드야말로 모더니즘을 탄생시킨 도시의 매력과 비평을 모두 담아낼 수 있는 가장 큰 ‘파편’이었다.《아케이드 프로젝트》는 파리의 소비문화가 집약된 아케이드를 통해 자본주의와 문화를 탐구하고 있다.

벤야민이 소비자를 '보들레르의 산책자'에 대비시킨 것은 아케이드가 향수를 불러일으키는 공간이어서다. 그의 눈에 비친 산책자들은 이제 숲이 아닌 상점가를 거닐고 있었다. 사색이 아닌 소비의 욕망을 위한 산책. 그것은 다시 쇼핑몰을 거니는 현대인의 산책으로 이어진다. 이렇듯 시대를 앞선 통찰력을 담은《아케이드 프로젝트》는 벤야민의 안타까운 자살(망명 중에)로 중단되었다. 그리고 주인을 잃은 이 혁신적인 미완성 저작은 1982년이 되어서야 세상에 알려진다.

파리의 파사주(아케이드)를 걷다 보면 유리 천장의 매력에 사로잡힌다. 하늘과 실내를 동시에 품은 유리 천장이 햇빛을 받아 빛나는 순간, 벤야민이 말한 '경계의 사유'를 체험할 수 있다. 파리의 여러 지역에서 시작되는 파사주는 건물과 건물 사이에 유리 지붕의 통로가 있어 비 오는 날엔 우산 없이 걷는 산책의 즐거움도 만끽할 수 있다. 대대적인 보수작업을 마친 파사주는 오늘도 그곳을 지나는 모든 이에게 19세기의 향수를 불러일으킨다. 벤야민의 예견대로 파리의 파사주는 안과 밖을 반쯤 열어젖힌 채, 과거와 현재를 이어주는 '혁신적인 통로'가 된 것이다. 거기에도 '완결된 의미'는 존재하지 않는다. 벤야민이 추구한 파편의 미학(파편, 단절, 해체, 충돌)은 프리재즈에서 절실히 요구되는 파편들이다. 그동안 나는 벤야민을 읽은 게 아니라 들었던 것인지도 모른다. 글자의 파편들이 부딪쳐 일으킨 함성을, 순간적 해방의 '소리 없는 소리'를.

'사자의 걸음'으로 편견을 뛰어넘은 재즈의 성인

장르를 불문하고 같이 연주하는 뮤지션들조차 힘들어하고 대중에게 난해하게 느껴지는 음악이 최고의 평가를 받는 경우는 극히 드물다. 거의 없다고 해도 과언이 아니다. 그런데 재즈를 포함한 거의 모든 음악에서 이러한 상식적 편견을 '사자의 걸음(Giant Steps)'으로 넘어선 이가 있다. 바로 재즈의 성인聖人이라 불리는 색소폰 연주자 존 콜트레인John Coltrane이다. 그는 알토 색소폰으로 시작해 테너 색소폰으로 주된 활동을 하며 1960년대 후반에는 소프라노 색소폰으로 새로운 실험을 계속해 나갔다. 그뿐만 아니라 클라리넷, 플루트 등 다양한 악기를 연주하고 탐구했다.

작곡가로서도 독보적인 스타일을 추구하며 재즈 역사에 빛나는 명반들을 남겼다. 찰리 파커와 디지 길레스피에게 영향받은 비밥(빠른 템포, 복잡한 코드)을 자기만의 스타일인 하드밥(Blue Train)으로 확장했으며, 마일즈 데이비스 밴드에 합류해 모달 재즈(Kind of blue)를 함께 발전시켰다. 마일즈 데이비스가 모던 재즈에서 퓨전 재즈로 전환했을 때 콜트레인은 프리재즈로 나아갔다. 그가 보여준 극단적인 프리재즈는 대중의 외면을 받았으나 그런 외중에도 명상적인 고요한 음반《Ballads》를 출시해 세상을 깜짝 놀라게 했다.

그의 말대로 그가 찾아내려고 한 것은 "인류 보편의 소리"였다. 그렇기에 '난해함'과 '편안함'의 경계를 넘나드는 그의 여정은 평생 계속될 수밖에 없었다. 콜트레인은 빠르고 정확하게 연주하기 위해 입에 마우스피스를 물고 잠이 들 때까지 연습에 몰두했다. 현란한 코드 진행과 복잡한 음계로 이뤄진 (콜트레인 체인지라 불리는) 〈Giant Steps〉는 하드밥을 확장시킨 화성의 극한을 보여준다. 이는 새로운 시대(프리재즈)에 진입하기 위한 일종의 전주곡이었다. 한때 그는 밴드에서 쫓겨날 만큼 마약에 중독되기도 했으나 술과 마약을 완전히 끊고 나선 자기 내면과 영적 차원으로 들어가는 음악을 탐구한다. 그에게는 연주가 '신을 향한 기도이자 고백'이었다. 그는 영적, 우주적 차원을 소리로 구현하기 위해 즉흥연주의 반복되는 모티브를 도입했다. 콜트레인의 삶과 소리에 대한 성찰은 마침내 신에 대한 절대적인 사랑과 감사로 채워진 4부작 모음곡 음반《A Love Supreme》으로 집약된다. 삶과 음악을 초월하는 메시지를 담은 이 음반은 존 콜트레인 신드롬을 일으키며 지금까지도 재즈 역사상 가장 혁신적인 앨범으로 평가받고 있다.

발터 벤야민이 '단절된 체험'이라는 파편으로 새로운 경험을 제시했듯이 콜트레인은 '파편적 사운드'(소음과 불협화음, 집단적 즉흥)로 순간적 체험이라는 음악의 형태를 보여주었다. 지금-시간에서 누리는 해방의 가능성. 그들은 '사유'와 '연주'를 통해 늘 새롭게 시작되는 '열린 결말'을 꿈꾸었는지도 모른다.

완결을 거부하는 결말의 부재. 중요한 것은 서사가 단절된 일상의 사소함(울프의 빵 만들기)에 담긴 미묘한 목소리와 감정의 단편들을 캐내 정화시킬 수 있는 상상의 힘이다. 콜트레인의 인터뷰에서도 '상상'과 '정화'의 중요성은 함께 다루어진다.

"새로운 소리는 언제나 '상상'이 가능하며, 새로운 느낌에도 다가갈 수 있다. 더불어 그런 느낌과 소리를 끊임없이 '정화'해 나가야 한다. 우리가 무언가를 찾은 순수한 상태에서 똑바로 바라보고 뚜렷하게 이해할 수 있다. 그래야만 듣는 이들에게 최상의 것, 본질을 전달해 줄 수 있다."

오네트 콜먼의 표현대로 '평범한 자연인'이자 거장 음악인이었던 '존 콜트레인'. 그가 우리에게 '모든 것을 명징하고 진지하게 바라보아야 한다'고 강조한 이유는 무엇일까? 어쩌면 그가 남긴 한 마디가 답인지도 모른다.

"끝이란 없다"

재즈에는 왜 즉흥연주가 중요한가요?

재즈에서 즉흥연주는 악보 속 테마에 대한
연주자 고유의 해석이자 의견입니다.
때로는 질서를 깨는 듯하지만, 전체적인 개연성 안에서
무한한 가능성을 열어두는 과정이기도 합니다.
남과 다른 나만의 언어로 이야기하는 것,
그것이 바로 재즈의 핵심입니다.

2

일상,
재즈가 되는 순간들

모듬전 부치며 느끼는
재즈의 맛

전을 부치며 생각한다. 전이라는 음식처럼 각기 다른 재료가 고유의 맛을 잃지 않으면서도 화합하고, 잔칫상과 제사상에 오르며 사람들에게 기쁨과 슬픔을 함께 나누도록 자비를 베푸는 친절한 음식이 있을까.

모듬전처럼 각기 다른 장르를 조합해서 새로운 스타일을 만들어내고, 애환과 기쁨을 동시에 자유로이 소환하는 재즈의 본질을 가진 음식도 드물다. 특히 명절에 갖가지 색으로 차려지는 모듬전은 대충 부치면 될 것 같지만, 알고 보면 지난한 여정을 거쳐야 하는 까다로운 음식이다. 일단 하루 반나절 동안 기름 냄새를 감내할 헌신이 필요하다.

재료들을 씻고, 다듬고, 소금 밑간을 하고, 밀가루를 묻혀 달걀옷을 입히는 과정도 섬세한 감각이 필요하지만, 전을 부칠 때

타이밍을 놓치면 타버리기 일쑤라 고도의 집중력을 발휘해야 한다. 기름이 많아 느끼해서도 안 되고, 반죽이 물러져 금방 부서져서도 안 된다.

최고의 전을 만드는 비법은 달궈진 철판과 재료들의 긴밀한 상호작용에 있다. 먼저 구워진 전들은 철판의 가장자리로 보내고, 달걀옷을 입힌 새 반죽들을 가운데로 모아 센 불에 지글지글 부쳐지면 바로 불을 끄고, 잠시 기다리며 어느 정도 익은 전들을 부드럽게 살살 돌려주어야 한다. 불을 끄고 켜기를 반복해야 골고루 바삭하게 익힐 수 있다.

잘 구워진 노릇한 전은 마음의 평정으로 빚어진 인내의 결과다. 모든 연주자의 숙명처럼, 이 지루한 반복은 최고의 모둠전을 만들기 위한 통과의례다. 전이라는 음식이 보기에 쉬워 보여도 만만치 않듯이 재즈도 들을 때는 흥겨워서 누구든 쉽게 배울 수 있을 것 같지만 그 세계에 들어서면 끝없는 연습의 시간이 결코 흥겹지만은 않다는 걸 알게 된다.

연주자들의 악기 톤은 연주의 앙상블을 이루는 핵심이다. 모둠전 역시 모든 재료가 바삭하게 구워진 브라운 톤을 유지해야 한다. 이것이 연주자 간의, 혹은 재료들과의 소통과 공존이며 결합이다.

재즈와 모둠전의 앙상블

유럽 문화와 아프리카 문화가 미국 남부 뉴올리언스에서 '재즈'라는 장르로 융합되었다면, 고기와 야채와 생선과 꽃이라는 다양한 재료들이 검은 철판이라는 대지 위에서 춤을 추는 모둠전으로 하나를 이룬다.

조화와 화합 속에 모두 함께 즐기되 개성과 맛을 잃지 않는 따로 또 같이(alone together)다. 재즈와 모둠전의 속성은 더불어 함께하는 것이므로 모두가 주인공이다. 그러나 주인공의 지나친 개성으로 흐트러질 수 있는 앙상블의 균형을 지키기 위해서는 "모두를 위해 한 걸음 물러나 자신을 추스르고 장기적인 관점으로 보기"를 권하는 달라이 라마의 말을 상기할 필요가 있다.

동태전, 버섯전, 고추전, 김치전, 파전, 소고기로 만든 육전, 깻잎전, 꽃잎을 부쳐 만든 화전, 갖가지 재료를 꼬치에 끼운 꼬치전까지 한 접시에 담긴 화려한 모둠전은 보는 이로 하여금 절로 미소 짓게 한다. 한 접시로 담아내어 누구나 쉽게 즐길 수 있는 모둠전. 시련의 과정은 뒤로하고, 기쁨과 위로를 주는 이 아름다운 연대는 다정함과 연민이 스며든, 타인을 위한 환대다.

독일 디자이너 디터 람스의 유명한 철학인 "더 적게, 하지만 더 좋게(weniger aber besser)"는 디자인에서뿐만 아니라 쿨재즈(단순한 선율)나 모둠전(적은 기름)에도 절묘하게 맞는 표현이다. 속사포처럼 쏟아내는 비밥 연주에 다소 지친 이들에게 쿨재즈의 느린 선율은 고요한 힐링의 경지를 선사한다. 전을 맛있게 부치기 위해서는 많은 기름이 필요하지 않다. 단지 적절한 타이밍에 전을 뒤집어 부칠 수 있는 '순간 결정력'이 요구될 뿐이다.

재료에 담긴 역사 이야기, 모둠 '전傳'

한 개의 전이 만들어지기까지 모든 과정은 하나의 연주곡이 시작되어 끝나는 모든 과정처럼 시간과 노력으로 촘촘히 연결되어 있다. 모둠전이 나에게 모둠 '전傳'으로 이해되는 것은, 모둠전을 먹는 날은 특별한 날인 경우가 많기 때문이다. 생일이나 기일, 결혼식, 혹은 승진한 날이거나 집들이 날일 수도 있다. 이처럼 전은 혼자 먹을 때보다 같이 먹을 때 더 맛있는 음식이다. 장마철에는 파전이 제격이다.

전 중에서도 녹두전은 조선시대부터 우리 선조들이 즐겨 먹던 음식이었는데 전 하나에 담긴 역사를 떠올리면 짐짓 숙연해지기까지 한다. 모둠전은 재료로 명칭이 붙여진다. 김치전은 김치에 관한 이야기고, 화전은 꽃에 관한 이야기다. 사실 거의 모든 재료가 전이 될 수 있다. 특히 꼬치전은 재료가 정해져 있지 않기에 매번 새로운 아이디어를 구상해야 한다. 이렇게 모든 이야기가 재료로 담긴 모둠전은 상황에 따라 모둠 '전傳'이 되기도 한다.

역사라는 거대한 이야기에서부터 자잘한 일상의 이야기에 이르기까지 우리 삶은 매 순간 이야기로 짜여 있다. 재즈곡의 가사를 보면 실제의 삶을 표현한 경우가 많은데 빌리 할리데이의 대표곡인 〈스트레인지 프루트Strange Fruit〉는 인종차별로 죽임을 당한 흑인들에 대한 묘사로 탄압을 받기도 했다. 피아니스트 폴 데스몬드의 명곡 〈테이크 파이브Take Five〉는 연습하는 중에 잠시만 쉬자고 제안한 아이디어로 만들어진 곡이다.

재즈는 제국주의로 붉게 물든 대륙 간의 분쟁 스토리로 빚어진 비극적인 히스토리다. 이렇게 시작된 재즈는 개방성과 저항정신을 토대로 시대마다 혁신적이고 다양한 장르를 창조해냈다(미국에서는 1980년대 후반 재즈를 미국의 국보로 지정했다).

'은밀한 바삭'으로 날마다 축제인 재즈

무한 확장해가는 재즈처럼 이야기는 계속 이어지고 다시 쓰여야 하는 운명이다. 로마시대 시인은 이야기를 만드는 사람이었다. '시詩'는 한자의 뜻을 그대로 풀이하면 '말로 만든 절'이다. 결국 우리가 살아가는 모든 세계는 말로 지어지고 세워지는 것이다. 그러니 이제 이야기의 주인공으로 살며 새롭게 이야기를 만들어야 하는 시인은 그 누구도 아닌 우리 자신이다.

모둠전은 밀가루를 묻혀 달걀옷을 입힌 다음 기름을 두른 철판에 구워내는 기본적인 폼Form 안에서 재료를 얼마든지 달리할 수 있다. 재료가 달라지면 새로운 이야기가 시작된다. 모둠전은 재즈처럼 과거의 형식에 머물지 않는 개방성으로 새로운 장르

(종류)를 시도하며 시대와 함께 앞으로 나아가고 있다.

재즈 뮤지션 베니 굿맨이 "재즈는 연주자가 오리지널리티 그 자체의 음악"이라고 말한 것처럼 모둠전은 의도 없이 즉흥적으로 달라질 수 있기에 그 자체로 모둠전傳이 될 수 있다.

뭐니 뭐니 해도 모둠전의 가장 위대한 비밀은 '은밀한 바삭'이다. 기름에 첨벙 튀기지 않아 소리 없이 구워진 전은 한입 베어무는 순간, 입속에서 '바삭' 하는 소리로 운명을 다한다. 이 부드러운 사운드가 모두 사라질 즈음 모둠전의 제전은 막을 내린다. 페이드아웃으로 끝나는 연주곡처럼.

헤밍웨이처럼 파리에 가야만 날마다 축제가 되는 것은 아니다. 즐거운 마음으로 좋아하는 이들과 함께 재즈를 들으며 전을 먹는 시간을 잠깐이라도 가질 수 있다면 '여기는 날마다 축제'인 것이다.

명태는 재즈다

동해, 오호츠크해, 알래스카 등 냉수성 해역에 서식하는 심해어 명태는 19세기 함경북도 명천에 태씨 성을 가진 어부가 잡은 물고기에 붙인 이름이라는 민간 설화가 전해진다(이유원의 《임하필기》에 수록). 명태 간을 먹으면 눈이 밝아진다고 하여 '명태'라고 불렸다는 설도 있다. 명태는 그전에는 이름조차 없어 '무명어'라고 불리던 물고기였는데 명태 이후 단일 어종 기준으로는 가장 다양한 이름을 갖고 있다고 한다.

다양한 명태 요리 닮은 재즈의 즉흥연주

한국인의 식탁에 가장 오래 사랑받고 있는 명태는 조선시대부터 제사, 생일상, 국물 요리, 안주, 간식, 젓갈, 포 등 장소와 계절, 저장 방법과 조리 과정에 따라 그때그때 달라지는 놀라운 음식이다. 때로는 가장 귀하게, 그리고 가장 흔하게 볼 수 있는 명태는 매번 모양이 달라져도 결코 그 고유의 맛을 잃지 않는 존재감이 있다. 그것이 세련됨이다.

바다에서 태어난 명태는 얼리면 동태로, 건조된 것은 북어로, 눈을 맞으며 말린 것은 황태로, 반만 건조된 것은 코다리로, 어린 명태를 말린 것은 노가리로 변신한다. 그러니 그는 세상에서 가장 '댄디한 생선'이다.

신라시대에는 전투식량으로 쓰였을 만큼 저지방, 고단백의 명태는 제사상에서는 빼놓을 수 없는 의례의 상징으로, 병원에서는 회복을 위한 영양식으로, 술자리에서는 고단한 하루를 위로하는 '힐링의 안주'로 활약한다. 마치 재즈가 주어진 테마 안에서 순간순간 살아 있는 연주를 만들어내는 것처럼, 명태는 말리고 얼리고 찢고 끓이고 굽는 건조 방식과 조리 방식에 따라 전혀 다른 요리로 즉흥연주를 선보인다. 같은 멜로디라도 연주자마다 다른 재즈의 본질처럼 명태 역시 하나의 식재료로 수없이 다른 요리를 창조해낸다. 명태의 가공과 소멸을 통한 생성은 끊임없는 파괴와 창조의 과정을 거치는 재즈의 본질과 닮았다. 소멸을 통해 명태는 '깊은 맛'을, 재즈는 '자유와 해방'을 보여준다.

재즈가 스윙, 비밥, 라틴, 펑크, 일렉트로닉, 아방가르드를 흡수하지만 여전히 재즈인 것처럼, 명태는 같은 생선이지만 조리 방법에 따라 이름과 맛이 달라지더라도 혹은 황태로 위상이 바꿔어 더 비싸고 특별해져도, 본질적으로는 여전히 명태일 뿐 다만 바뀌는 것은 패턴이다. 전통적이고 토속적인 명태가 현대적이고 도시적인 이미지의 재즈와 닮아 있는 것은 명태의 본질이 너무 유연해서 하나의 정체성으로 고정되지 않기 때문이다. 이 둘은 모두 틀에 갇히지 않고 변주(조리 방식)를 통해 본질을 드러내는 즉흥성, 유연성을 지니고 있다. 처음부터 정형화된 틀을 부수려는 정신을 가진 재즈. 이런 의미에서 재즈는 장르가 아니면서 장르를 가능케 하는 하나의 세계관이며 태도에 대한 방식이다. 그것은 '자기를 지우는 배려'에서 시작된다.

바다에서 유영하던 생명체는 죽음을 통해 말리고, 불리고, 얼림과 해동을 반복하면서도 어떤 형태든 주저하지 않고 내어준다. 그것은 말려서 황태, 두들겨 맞아서 북어가 되고, 탕, 포, 무침, 구이, 찜이 되어도 끝내 저항하지 않는다. 매 순간 자기를 지워내는 명태는, 그러나 스스로 명태임을 잊지 않으며 타인의 필요에 맞춰 자신을 유연히 조정하는 '배려'의 존재다.

재즈에서의 즉흥은 자기과시가 아니다. 다른 악기의 틈을 듣고, 그 사이를 감싸며 때로는 뒤로 물러나 전체를 살리는 연주다. 순응과 헌신의 상징인 명태와 즉흥과 청취의 속성을 지닌 재즈는 다양한 이름과 형태로 변주되면서도 타인에게 맞추는 배려를 잊지 않는다. 그렇기에 명태는 그저 자신을 내어주는 생선이 아니며 재즈는 자유롭게 연주만 하는 음악이 아니다.

명태를 요리하는 이와의 공명, 재즈를 연주하는 연주자들 사이의 공명이 남아 있는 것이다. 공명은 내가 울리는 것이 아니라 누군가에 의해 울리는 것이며, 중요한 건 누군가와 함께 울릴 수 있느냐는 것이다. 다양한 변신과 순응, 다의성과 희생의 의미를 담고 있는 명태는 한국인의 문화 정서를 보여주는 회복의 상징이자 재즈처럼 재해석의 여지가 무한한 문화 아이콘이다.

심청이 뛰어든 인당수는 죽음의 문턱이자 새로운 삶의 경계를 의미한다. '자기희생'과 '정화'를 품고 있는 인당수는 심청의 육신이 사라짐과 동시에 새로운 삶이 전개되도록 돕는다. 명태에게 북엇국은 펄펄 끓는 인당수다. 삶이 마감되고 말라버린 북어는 타인의 회복을 위해 끓고 있는 물에 몸을 던진다. 그리고 이내 북엇국이 되어 깊은 맛으로 쓰린 속을 풀어준다. 삶과 죽음의 '동시 공명', 소멸을 통한 '재창조'. 이것이 재즈의 본질이며 명태가 지닌 '생명력'이다.

감정의 진국을 만들어낸 레이 찰스

R&B의 황제이자 소울, 블루스에서 가스펠, 로큰롤 재즈에 이르기까지 다양한 장르에서 천재적 재능을 인정받은 레이 찰스 Ray Charles는 질병으로 어린 나이에 시력을 잃게 되었지만 그에 개의치 않고 실력을 쌓아나갔다. 이후 그의 대표곡인 〈Georgia on my mind〉는 그래미상에 선정되었다. 마틴 루터 킹의 친구였던 그는 60년대 흑인 인권운동에도 목소리를 높이며 인종차별에 대한 비판을 담은 곡들을 작업하기도 했다. 트레이드 마크인, 활짝 웃으며 노래를 부르는 모습은 그가 얼마나 음악을 사랑하고 열정적으로 살았는지를 여지없이 보여준다. 블루스에 고무된 소울풀한 목소리는 개인의 고통을 건조시켜 모두의 위로가 되어주었다. 말리고 찢긴 고통 속에서도 가장 진한 맛을 내어준 북어처럼.

블루스가 음악으로 승화된 '한'이라면, 북어는 제의라는 전통 문화로 승화된 '정성'이었다. 삶이 찢긴 블루스와 살이 찢긴 북어는 '말할 수 없는 것들의 공명'이다. 블루스에 내재한 울부짖음이 레이 찰스의 블루스와 소울을 통해 치유의 노래로 복원되듯이, 북어는 건조돼 얇아지고 찢길수록 진한 국물이 된다. 명태가 건조되어 가는 고통은 레이 찰스에게는 실명이 된 고통이었으나, 명태가 북어로 재탄생하며 새로운 맛의 울림을 주듯, 듣는 세계에서 소리를 더 깊이 인식하게 된 레이 찰스의 음악은 슬픔이 우러난 감정의 진국인 것이다.

정체성의 적응과 재구성을 얼마나 다양하게 하느냐에 따라 삶의 질이 달라지는 부캐의 시대. 각자가 하나이되 여럿이 되어 살아가는 삶. 그런 면에서 다양한 이름으로 삶을 변주하는 명태

야말로 부캐의 상징이다. 요즘 젊은 세대에게 일명 '예쁜 북어'가 유행이다. 원래 명태는 하늘과 바다를 잇는 상징적 의미를 지니고 있다고 한다. 명태를 건조시킨 북어는 장기 보존이 가능하고, 살아 있지는 않지만 생명의 기운이 남은 것으로써 액막이용으로 제사상에 오르게 되었다는 설이 있다. 그리고 정결함과 순수함을 상징하는 명주실은 하늘과 인간을 잇는 실로써 조선시대에는 무복에도 명주실이 쓰였다고 한다. 이들은 내가 아닌 모두가 잘되기를 바라는 한국 고유의 '정'의 문화에서 기인한 것이라 본다.

요즘도 이사를 하고 나서 명주실 감은 북어를 현관에 매다는 풍습이 있는데 이것을 행운을 비는 전통 민속문화의 상징으로 해석하기도 한다. 장소가 현관인 것은 그곳이 내부 세계와 외부 세계의 경계이기 때문이다. 예전엔 금줄이나 숯 등도 걸어놓았다는데, 종교적 의미보다는 복을 비는 관습의 전통이 아니었을까. 현대적 디자인인 실을 감은 '예쁜 북어'는 오히려 집 꾸미기 선물용으로도 각광받고 있다고 한다. 명주실 감은 북어가 이제는 예쁘고 유니크한 인테리어 소품으로 이해되고 있다.

현관뿐 아니라 사무실에도, 자동차 안에도 다양하게 디자인된 '예쁜 북어'를 매단다. 이것은 전통과 현대의 결합, 정체성의 유희며 나와 이웃이 잘되길 바라는 마음을 담은 소통 방식이다. 이제 젊은 세대에게 '명주실 감은 북어'는 단순한 주술적 도구가 아니라 우리 문화에 대한 애정, 디자인된 마음의 도구로 활용된다. 예쁜 북어뿐만 아니라 명태는 정물화에서 '가장 많이 그려지는 생선'이기도 하다. 그리기 쉽고, 오래 놔두어도 상하지 않기 때문이다. 이렇게 매번 변주가 끝나지 않는 명태의 부캐들. 명태의 진화는 앞으로도 계속될 것이다.

함양과 체찰의 가르침을 실천하다

함양은 본성을 기르고 덕을 닦는 것으로, 조용하고 꾸준히 자기를 단련하는 수양의 태도를 말하는데 마치 찬 바다에서 조용히 자라서 훗날 소리 없이 말라가며 깊은 맛을 내는 명태의 삶을 이르는 듯하다. 체찰諦察은 사물의 이치를 몸으로 느끼고 깊이 살펴보는 일로 자기 성찰과 상대에 대한 깊은 이해를 의미한다. 제사상에 올라 슬픔을 위로하며 주연이 아닌 조연으로 존재하되, 모든 맛의 중심이 되는 북어의 본질을 떠올리게 한다. 건조되어 찢겼다가 쪄지고 끓여지고 버무려지고 부쳐지고 튀겨지고 부스러져도 끝내 본질을 잃지 않는, 스스로를 낮추는 명태는 자신을 비워내어 시대와 장소와 사람과 함께 공명하는 배려의 아이콘이다. 다름 아닌 재즈의 본질이다. 그래서, 그러니까 명태는 재즈다.

재즈적 인간
연암 박지원과 패츠 월러

　　만약 타임머신을 타고 조선 후기로 돌아갈 수 있다면 가장 먼저 만나고 싶은 사람이 연암 박지원(1737~1805)이다. 노론 명문가 자손으로서 최고의 문장을 구사했던 연암은 이용후생利用厚生을 추구한 실학자이자 사상가였으며, 동시에 뛰어난 행정가이기도 했다.

　　연암은 성리학이 주류였던 조선시대에 현실 비판적인 의식과 시대를 앞선 통찰력을 지니고 있었다. 그는 18세에 이미 양반의 가식적인 도덕을 꼬집는 글을 짓기 시작했고 50이 넘어 맡게 된 면천 군수 시절에는 영농방법의 혁신을 다룬 《과농소초課農小抄》를 저술했다. 이 책은 수령의 직무인 권과농상勸課農桑, 즉 농업을 권장하고 관리하는 데 필요한 핵심을 담은 역작이다. 이는 단순히 책상머리에서 나온 이론이 아니었다. 연암은 황해도 연암 골

짜기에서 10년 동안 실제로 농사를 지으며 얻은 경험을 토대로, 농민의 삶과 양반들의 횡포를 뼈저리게 목격하며 이 책을 썼다. 백성의 삶을 실질적으로 개선하고자 했던 노력 덕분에 부임하는 곳마다 칭송이 끊이지 않았다.

연암의 개혁 의지는 소설에서도 빛을 발했다. 그는 〈광문자전〉, 〈예덕선생전〉, 〈호질〉, 〈양반전〉 등 여러 편의 한문 소설을 통해 거지 대장이나 인분을 푸는 천민을 주인공으로 내세웠다. 특히 〈예덕선생전〉에서는 똥 치우는 엄행수의 성실함을 유학자가 칭송하는 파격을 보여주며, 직분이나 겉모습만 보고 사람을 평가하는 지식인의 태도를 경계했다. 이처럼 연암은 양반의 허례허식과 열녀 이데올로기를 비판하며 사회 개혁을 향한 날 선 현실 인식을 드러냈다.

일상의 유머와 통찰, '백탑파'와 《열하일기》

연암은 당시 드물게도 우울증을 앓았으나 그에게는 진실한 우정이라는 최고의 자산이 있었다. 연암은 박제가, 이덕무, 유득공 등과 함께 '백탑파(탑골 공원 백탑 아래 모인 사람들)'라는 모임을 만들어 신분과 나이를 가리지 않고 교류했다. 이들은 청나라의 선진 문물을 배워야 산다는 '북학파'의 시초이기도 했다. 연암은 밤마다 친구들을 불러 모아 술과 음식을 즐기며 예술적 토론과 명상, 음악을 즐겼다. 그 모임은 서로의 글을 격의 없이 비평하며 즉흥적인 담론을 주고받는 장이었다. 로마의 시민들이 자유롭게 의견을 교류했던 포럼처럼, 백탑파는 조선의 혁신적인 포럼이자 연암이 우울증을 극복하고 세상과 소통하는 창구였다. 누구와도 쉽게 친구가 되는 연암에게는 고통조차 유머로 치환하는 능력이 있었다.

연암의 대표작인 《열하일기》는 청나라로 파견된 사절단이 국제적 행사인 건륭제의 만수절(칠순 잔치)에 참석하기 위해 열하에 도착하기까지 6개월의 여정을 그린 여행기이자 '연행록'의 백미다. 연암은 이 책을 통해 청의 정치, 경제, 문화 등 다양한 견문을 전하며 주체적이면서도 개방적인 태도로 선진 문물을 수용하자는 '북학론'을 설파했다. 《열하일기》의 진정한 묘미는 그 형식의 파격에 있다. 연암은 현장감을 살리기 위해 고전체가 아닌 구어체를 썼다. 역사적 사실뿐만 아니라 사상, 일상의 대화, 실수담, 해프닝까지, 말하자면 즉흥적 사유를 모든 형태로 담아낸 일기이자 문화평론집이었다.

열하에 도착하기까지 폭우와 폭염 속에 아홉 번이나 강을 건너야 했던 위기 상황에서도 연암은 위트를 잃지 않았다. 처음 본 코끼리에 대한 놀라움을 풍자적으로 묘사하고, 잘 정비된 마을을 보며 오랑캐라 배척했던 청나라에 대한 선입견을 허물었다. 그러나 조선 사회에서 허용되지 않았던 즉흥적이고 자유분방한 문장의 《열하일기》가 유행하자 정조는 이를 문제 삼았다. 이른바 '문체반정文體反正'이다. 정조는 연암의 문체가 순수하지 못하고 패관문체(잡스러운 문체)라며, 이 모든 것이 《열하일기》 탓이니 자송문(반성문)을 써오라고 명했다. 하지만 연암은 진지함 대신 형식만 갖춘 자송문을 올렸다. 정조는 문체를 고치라고 종용하면서도 결국 연암의 천재성을 인정하지 않을 수 없었다.

내가 생각하는 연암의 위대함은 그의 기질이 너무나 '재즈적'이라는 사실이다. 경직된 성리학적 질서 속에서 상황을 유머로 재해석하는 즉흥성, 기존 문법을 거부하는 파격적인 문장은 그의 열린 시선과 자유로운 의식 세계를 반영한다. 그는 명문가의 권세를 누릴 만한 위치에 있었음에도 자신의 스타일을 고집했다.

이러한 즉흥성, 파격, 유머, 어울림이야말로 재즈의 세계 아닌가. 연암은 고통을 유머로 바꾸는 능력이 있었다. 아파서 누워 있을 때는 사전 장례식을 치르며 친구들에게 재미있는 얘기를 들려달라고 부탁했다고 한다. 단순히 유쾌한 천재성이 아니라 삶에 대한 진정한 긍정이 있어야 가능한 태도다. 그가 삶에서 보여준 즉흥성과 통찰력, 유머, 휴머니즘과 열린 세계관은 흑인 재즈 연주자들이 인종차별의 고통과 분노를 비밥의 리듬으로 환원한 것과 닮았다. 신분의 귀천을 가리지 않고 우정을 나눈 태도는 다양한 문화와 언어를 가진 사람들이 모여 합을 맞추는 재즈의 평등성과도 일맥상통한다.

해학과 풍자의 아이콘, 패츠 월러

이렇듯 연암이 비판적 풍자적이면서도 기존 형식을 해체하고 인간의 기질을 다양하게 재구성한 작품에서 보여준, 시대를 초월하는 감각은 재즈 연주자에게도 필요한 자질들이다.

연주하면서도 농담하기를 즐겼던 해학과 풍자의 아이콘, 패츠 월러Fats Waller(1904~1943). 스트라이드stride(왼손이 넓은 폭으로 뛰며 베이스와 코드 반주를 번갈아 치는 스타일)의 대가인 그는 재즈 피아니스트일 뿐만 아니라 재즈 오르간 연주자이자 작사가, 작곡가, 가수, 영화배우로도 활동했다. 눈을 동그랗게 뜨고 웃고 있는 익살스러운 표정은 그의 트레이드 마크다. 대중적인 성공과 함께 재즈와 대중음악의 발전에 가장 큰 영향을 미친 패츠 월러의 유머는 삶의 일부였다. 이 거구의 피아니스트는 농담하는 가운데 빠르면서도 섬세하고 재미있는 연주를 들려주며 웃음과 감동을 한꺼번에 안겨주었다. 패츠라는 이름도 거대한 체구여서 붙여진 별명이다. 그는 수백 곡이 넘는 곡을 작곡한 천재 작곡가이기도 했다.

연암이 음식과 술을 사유의 확장으로 즐겼다면 팻츠 월러에게 음식은 유머를 지속하기 위한 에너지원이었다. 그는 연주 중간의 브레이크타임에도 끊임없이 무언가를 먹고 마셨다. 한 번에 맥주 한 상자를 비웠다는 얘기도 있다.

그의 대표곡 〈Ain't Misbehavin〉은 원래 뮤지컬 곡으로 작곡되었는데 당시 최고의 인기를 누렸고 지금도 여전히 수많은 뮤지션이 연주한다. 어려운 화성 진행과 복잡한 리듬 패턴을 가지고 있으나 단순한 멜로디를 다양하게 해석할 수 있는 곡이다. 느슨하면서도 개구쟁이 같은 노래가 곁들여진 〈Ain't Misbehavin〉은 대중적으로도 엄청난 성공을 거두었다. 음악으로 인종차별을 뛰어넘은 패츠 월러의 천재적 재능은 역사적으로도 깊은 의미를 지닌다.

연암이 사회 비판을 냉소가 아닌 웃음으로 풍자했듯이 패츠 월러는 익살과 위트를 연주 속에 녹여내었다. 청중에게 장난치고 웃으며 연주하던 그는 진지함을 웃음으로 대치한 철학자였다. 연암의 풍자가 남을 조롱하는 데 있지 않고 공감 속에서 모순을 발견하려 했던 것처럼, 패츠의 풍자는 흑인 연주자로서 겪는 사회적 제약에서 발현된 생존의 예술이었다. 그들이 추구한 웃음은 단순한 농담이 아닌 가장 세련된 방식의 저항이었다.

실학자 이전에 사는 방식을 예술로 만든 사람이 연암이었다면, 흥겨운 연주로 관객을 즐겁게 한 패츠 월러는 삶의 고통을 유쾌한 리듬으로 살아낸 사람이다. 왼손의 규칙과 오른손의 즉흥은 전통 질서에서 개인의 자유를 추구했던 패츠의 삶이자 연암의 삶이었다. 이들은 모두 경직된 질서를 가장 자유롭게 해석한 천재들이기에 '재미있는 사람'이 될 수 있었다.

　연암의 문장 리듬은 재즈 연주에서 왼손의 건너뛰기(stride)를 연상시킨다. 이러한 연암이 내게는 '실학자'나 '계몽사상가'보다는 '재즈적 인간'으로 느껴지는 것은 어쩌면 당연하다. 가을 햇살이 아련해지는 어느 오후, 연암의《열하일기》를 읽으며 패츠 월러의 〈Ain't Misbehavin〉를 들어보는 건 어떨까.

낭만을 꿈꾸는 시대
그러나 '여운 없음'

낭만浪漫은 글자에서 보이는 것처럼 현실이 아닌 어딘가를 향해 물처럼 흐르는 감상적인 마음이다. 요즘 떠오르는 '신낭만주의'는 어느 그룹의 곡 제목처럼 '절대적 존재에 대한 향수'에서 비롯되고 있는지도 모른다. 흐르는 것은 향수처럼 그리워지기 마련이다. 일상과 취향이 브랜드화하는 요즘, 낭만은 드라마나 영화 속 주인공들이나 누리는 단어가 되어버렸다. 삶을 풍요롭게 해주는 그 예의 '낭만'이 실제의 삶에서는 제자리를 찾지 못하고, 흔히들 얘기하는 '라떼'의 전유물처럼 느껴지는 이유는 바로 설렘이 사라졌기 때문이다.

낭만은 설렘이다. 설렘은 상상하고, 기대하며, 꿈꾸게 한다. 설렘은 기다릴 수 있을 때 기쁨이 배가 된다. 일상에서 설렘을 느낄 수 있는 가장 쉬운 방법은 말꼬리를 살리고 말의 여운을 남기는 것이다. 자신감이 없거나 마음이 급해지면 말꼬리가 흐려진다. 흐려진 말꼬리는 신뢰감을 떨어뜨릴 뿐만 아니라 매력도 설렘도 느껴지지 않는다. 그리고 대화하는 중에 추임새를 넣는 것, 아~ 아, 네에~, 그렇겠네요오~, 맞아요오~ 한 마디를 하더라도 부드 럽게 여운을 남기는 것. 이것이 낭만의 시작이고 설렘의 출발이 다. 상대방의 말에 대한 기대, 혹은 내 말에 대한 반응에 대한 기 대는 서로에게 시너지가 되어 자기 생각과 꿈을 자유롭게 이야 기할 수 있게 해준다.

부드러움과 사랑으로 증오를 이겨낸 살만 루슈디

낭만성은 사소한 호기심과 상상력에서 시작된다. 상상을 하 려면 마음의 활력이 있어야 한다. 활력은 다름 아닌 건강한 마음 이다. 호흡이 짓눌려서 나오는 것이 한숨인 것처럼, 마음이 짓눌 리면 우울해지고 자존감이 낮아진다. 어둡고 무거운 마음은 상 상하기를 두려워한다. 낭만적인 사람은 사람과 사물을 온 마음 으로 대하므로 확고함과 부드러움을 동시에 지니고 있다.

인도의 작가 살만 루슈디는 작가가 되기 전 유명한 광고 회사 의 카피라이터로 활동했는데 모든 광고 카피 시리즈에 부드러움 에 대한 예찬을 쓴 것으로 유명하다. 카피의 첫머리를 '부드러운' 으로 시작한 것이다. 살만 루슈디는 종교적인 신념을 다룬 역작 《악마의 시》로 인해 수십 년간 살해 위협을 받고, 급기야 영국의 보호 아래 도피 생활 중 야외 강연장에서 극단주의자에게 피습 당해 한쪽 눈을 실명했다. 그러나 그는 굴하지 않고 이 피습사건을 다룬 회고록《나이프》를 써 내려갔다. 그는 회고록에서 이렇게 말한다.

'내게 일어난 일을 이해하는 가장 중요한 방식이자 여기서 내가 전하려는 이야기의 본질은 사랑이 증오에 응답하고, 이긴다는 것이다.' (칼은 증오의 은유다)

결국 죽음에 직면한 상황에서도 그는 낭만성을 잃지 않았다. 상상하고 사유하기를 멈추지 않은 것이다. 그는 '피습이 책의 앞장에 엎질러진 커다란 붉은 잉크 얼룩처럼 보기 싫었지만 망가지지는 않았다. 페이지를 넘기고 계속 나아가면 되었다'며 작가로서의 의지를 보여준다. 원망과 복수심이 차오를 법도 한 그의 운명을 이끈 것은 '부드러움'과 '사랑'과 '상상'이었다. 신화와 역사를 마술적 리얼리즘으로 그린 또 다른 작품《한밤의 아이들》은 '부커 오브 부커스'에 선정되었다. 신화적 상상력. 이것이 살만 루슈디 작품의 뿌리다. 그러나 이것이 꼭 세계적인 작가에게만 요구되는 것일까.

서두를 필요 없어, 우리에겐 여운이 필요해

빠르게 유통되는 정보와 지식을 습득할 틈도 없이 속도전으로 치닫는 일상과 AI의 무한한 능력을 체감하는 세상에서 우리가 다시 회복해야 할 것은 낭만성이다. 세련된 감각과 취향이 존중받는 사회가 되어가기에 머지않아 낭만성이 개인적인 능력으로 평가될 수도 있다. 우리가 커피를 좋아하는 것은 커피를 다 마시고 나도 얼마간 남아 있는 잔향 때문이다. 커피뿐인가! 말에도 여운이 있고, 음악에도 잔여음이 있다. 이 모든 것을 하나의 여운으로 본다면 여운은 언제나 사물과 장소와 혹은 사람이 이어진 듯한 느낌을 선사한다. 한마디로 '친밀감'이다. 이미 사라졌으나 여운으로 아직 함께하는 것이다.

말이 빨라지고 정보가 포화 상태다 보니 모든 것이 축약되고 리셋된다. 영화를 3분의 1로 줄여서 보여주는 유튜브가 유행이다. 매운 음식이 대세다. 자극적이지 않은 맛은 '맛없음'으로 치부된다. 도파민에 중독된 사람에겐 상상력이 들어설 자리가 없다. 여운은 지루함의 끝일 뿐이다.

내가 여운에 대해 깊이 생각하게 된 계기는 이십여 년 전 파리에서 재즈 피아노 수업을 들을 때였다. 교수님은 피아노 한 음을 치게 한 뒤 눈을 감고 공명(resonance)을 느껴보라고 하셨다. 나는 그때까지 피아노를 치면서 진지하게 오래도록 잔여음을 느껴본 적이 없다는 사실을 깨달았다. 창가에 내리비친 햇살이 붉어진 내 얼굴을 가려주길 바랐지만, 오히려 당혹감을 직면하도록 부추기고 있었다. 교수님은 말을 이었다.

"원음보다는 잔여음이 더 중요해. 내가 피아노를 어떻게 치고 있는지 바로 알려주니까. 언제든 서두를 필요가 없어.”

이 말은 화두처럼 다가왔다. 서두르는 습관도 바로 고쳐졌다.

스스로의 장송곡을 여운처럼 연주한 셜리 혼

그리고 얼마 후 손꼽아 기다리던 셜리 혼Shirley Valerie Horn의 파리 공연을 보게 되었다. 미국의 대표적인 재즈 연주자이자 재즈 보컬인 셜리 혼은 클래식 공부를 기반으로 시작한 풍부한 사운드의 재즈 피아니스트이자 알토의 독보적인 음색으로 1960년대 대중의 인기와 음악성을 동시에 인정받은 세계적인 재즈 뮤지션이다. 평소에도 셜리 혼 음반을 즐겨 들어온 내게 이날의 공연은 무척 의미가 있었다.

무대가 열리고 공연이 시작되었는데 셜리 혼은 나오지 않았다. 대신 젊은 피아니스트가 나와서 인트로를 연주하기 시작했다. 그것도 아주 느린 템포로. 몇 분 후 무대 뒤에서 셜리 혼이 두 사람의 부축을 받으며 천천히 걸어 나왔다. 한 걸음, 한 걸음 다시는 내디딜 수 없는 듯한 걸음을 떼고는 힘겹게 피아노 의자에 앉아 인트로를 이어서 연주하자 관중은 우레와 같은 박수로 화답했다. 당뇨 합병증으로 움직임조차 힘든 그녀에게 이 콘서트는 마지막이 될 것 같은 막연한 불안감이 들었다.

연주된 첫 곡은 〈what are you doing the rest of your life〉. 그녀의 목소리는 죽음을 향해 낮고 느리게 사라지고 있었다. 그녀는 죽어가고 있었다. 나는 공연 내내 흐르는 눈물을 주체할 수가 없었다. 때가 왔음을 알고 스스로를 위해 장송곡을 연주하는 뮤지션. 그로부터 일주일 후, 셜리 혼은 세상을 떠났다. 그녀가 내게 들려준 것은 진정한 의미의 여운이었다. 그것이 삶의 본질이라고 얘기한 건 아니었을까.

늘 서두르는 것을 경계했는데 요즘은 일상에서의 템포 제어가 예전 같지 않다. 전에는 급한 마음이 들 때 쉽게 릴랙스되고 오히려 느리게 템포를 잡을 수 있었는데, 요즘은 마음이 급해지면 서두르기 일쑤다. 생각해보니 언젠가부터 내 삶에도 여운이 많이 사라져버렸다.

빠르고 간단한 것, 바로 결과나 반응을 알 수 있는 것에 익숙해진 삶. 이제 다시 비워낼 시기가 온 것이다. 그러고 보니 상상력도 활기를 잃었다. 프루스트가 과제로 삼았던 '삶에서 마주쳤던 사물들에 충실하기'를 삶에 적용할 시간이다. 다행히 연습할 때의 집중력은 그대로다. 비법은 하나다. 매번 연습한 그 음을 처음 부르는 것처럼 착각하는 것, 그러면 천 번을 노래해도 지루하지 않다.

낭만과 우아함이 인류를 구원하리니

이제까지 작업한 모든 음반은 고시조나 시가 많아서 보컬도 연주자도 적은 음을 가지고 깊은 사운드를 내는 것에 중점을 두

었다. '느리지만 결코 느리지 않고, 공명(여운)이 주가 되는 것' 이
것이 내가 만들고 싶은 낭만성이며 앞으로도 지속될 음반 프로
젝트의 콘셉트다.

　부드러움, 배려, 친절함, 다정함은 모두 여운을 지니고 있다.
이 단어들은 따뜻하고 둥글며 또 지속된다. 이 아름다운 연대의
단어들을 영화나 영상이라는 비현실로 넘겨주어서는 안 된다.
우리 각자가 로맨티스트가 되어야 한다. 몸에 힘을 주면 호흡이
짧아지는데, 상상은 호흡이 길고 여유 있을 때 발휘된다. 상상은
낭만의 핵심이다. 낭만성을 기르려면 일상을 경이로운 눈으로
바라볼 수 있어야 한다. 여운을 남기기 위한 습관을 갖는 것도 괜
찮다. 조용히 문 닫기, 물 세게 틀지 않기, 지나치게 큰 소리로 말
하지 않기, 다른 사람이 말할 때 끊지 않기, 부사를 지나치게 많
이 쓰지 않기(너무너무), 혹은 습관적인 반응들 자제하기(네네네
네) 등. 내가 생각하는 아름다움에 관한 최고의 단어는 우아함이
다. 낭만과 우아함, 이 부드러운 결속이 마침내 인류를 구원하게
되지 않을까.

세상에서 가장 부드러운 건축,
그리고 얼어붙은 음악

"음 하나를 시간 속에 톡, 던져놓습니다. 거기서 여러 유기적인 결합을 통해 시간 속에 음악을 구성하는 건축 작업이 시작된 순간부터 쭉 객관적인 대상으로서 만들어 나가는 것이 가장 좋은 음악이라고 저는 생각합니다."

일본 현대 클래식과 영화음악의 거장인 히사이시 조의 말이다. 그는 미야자키 히야오 감독의 〈하울의 움직이는 성〉과 〈이웃집 토토로〉 〈센과 치히로의 행방불명〉 〈원령공주〉 등 수많은 애니메이션의 OST 작업뿐 아니라 영화제작자이며 피아니스트이자 지휘자다. 클래식과 대중음악의 경계를 넘나들며 다양하고 독특한 그만의 스타일을 만들어가는 천재적인 음악가다.

모든 예술은 재료를 달리하는 언어

그는 음악 작업에 대해 "작곡이란 한정된 음을 가지고 음악을 구축하는 작업이지, 갑자기 음악을 떠올리는 일을 계속한다고 되는 게 아닙니다. 모티브가 되는 멜로디나 리듬을 어떻게 잘 구체화하고 유기적으로 결합해 나갈지 생각하면서 음악을 만드는 겁니다. 음악의 완벽한 시스템을 만들면 변주가 풍부한 곡을 다양하게 만들어낼 수 있어요"라고 말한다.

르네상스의 다성음악이 성당의 음향적 특성에 따라 발전한 것처럼 작곡과 건축을 하나의 개념으로 받아들인 히사이시 조의 놀라운 통찰력이다. 음악에서 리듬이 일정하게 반복되듯이 건축에서는 문이나 창의 형태나 기둥 사이의 간격에서 반복을 통해 리듬이 느껴질 때가 있다. 히사이시 조가 작곡을 두고 건축 작업이라고 표현한 것은 멋진 은유다. 아즈텍인들의 시문을 스페인어로 번역하는 것보다 그들의 건축과 조각에 나타나는 대응적 언어로 해석하는 것이 더 쉽다고 한다.

"영화에서 감독이 하는 작업의 본질은 시간을 조각하는 일이다"라는 안드레이 타르코프스키의 말은 언어의 조각품이다. 모든 예술은 재료를 달리 사용하는 언어일 뿐이라고 하지 않던가. 음악에서 감상자와 연주자 사이의 관계와 정서적인 공감, 음의 잔향이 있듯이 건축은 그 안의 사람들과의 관계와 흔적이 있다. 건축가 피터 머레이는 말한다.

"나는 상투적인 방식으로 다뤄지는 유령과는 관계없이, 거기에 우리의 의식이 있다고 생각합니다. 그것은 어떤 의미로는 피터 애크로이드가 말한 바 있는 '장소감' 같은 것입니다."

예술사가 하인리히 뵐플린은 명쾌한 한 마디를 남겼다.

"건축가는 음악가다. 듣고 또 듣는 일이 가장 필요하다."

주제가 정해지면 도면(악보)에 설계(조성)를 하고, 반복해서 구조(리듬)와 패턴(음표)으로 건축물(곡)을 완성한 다음 그것을 경험하는 사람들과 공감을 만들어낸다. 이 균형과 조화가 이루어졌을 때 감동은 시간의 흔적으로 남는다. 이렇게 건축과 동일한 과정을 갖고 있는 음악이 내게는 세상에서 가장 부드러운 건축이다.

브라질의 전설인 카를로스 조빔도 건축학도

음악의 연금술사, 보사노바의 황제라 불리는 안토니오 카를로스 조빔Antonio Carlos Jobim은 브라질이 축구 다음으로 사랑하는 전설적인 작곡가다. 쿨재즈와 브라질 음악 삼바를 결합시킨 보사노바는 삼바의 열정적인 자유로움과 쿨재즈의 정적인 간결함이 한데 어우러진다. 편안한 리듬과 한 번 들으면 기억에 남는 심플한 멜로디가 인상적인 음악이다.

여름 바닷가의 잔잔한 선율로 흐르던 보사노바는 60년대 전 세계에 브라질 재즈 열풍을 일으킨다. 말 그대로 새로운 물결이 탄생한 것이다. 그 뒤에는 브라질의 기타리스트이자 가수인 주앙 질베르토와 보사노바를 작곡한 안토니오 카를로스 조빔, 그리고 미국에서 찰리 파커의 소개로 만난 스탄 겟츠가 있었다.

카를로스 조빔이 작곡한 보사노바는 당대의 히트곡이 되었다. 그중에서도 가장 유명한 곡이 1965년 그래미상을 받은 앨범 《Getz/Gillberto》에 수록된 〈The Girl From Ipanema〉이다. 이 앨범은 역사상 가장 많이 녹음되고 리메이크되었다. 영화 〈흑인 오르페〉의 주제가는 재즈 뮤지션이 가장 많이 연주하는 곡이기도 하다.

쉬지 않고 작품에 몰두했던 안토니오는 죽기 전까지 작곡을 했다고 한다. 〈Antonio's Song〉은 마이클 프랭스가 안토니오에게 헌정하기 위해 만든 곡이다. 엘라 피츠제럴드의 회상처럼 그의 음악은 따뜻한 포옹, 삶과 사랑의 축하와 같았다. 안토니오 카를로스 조빔의 곡은 언제 들어도(연주해도) 질리지 않는 흡인력이 있다. 보사노바라는 장르가 냉정(쿨재즈)과 열정(삼바)의 분위기를 모두 담고 있어서이기도 하겠으나 보다 중요한 핵심은 안토니오는 원래 건축학을 공부한 건축학도였다는 사실이다.

앞서 언급했던 히사이시 조는 "음악은 역시 시스템이 중요합니다. 완벽한 시스템을 만들면 그만큼 변주가 풍부한 곡을 다양하게 만들어낼 수 있어요. 어떤 의미로는 대량생산이 가능해지지요"라며 시스템의 중요성을 강조했는데, 건축학도였던 안토니오는 아마도 설계도면을 그리듯 조형적인 언어로 작곡했을 것이다.

　많은 실험과 시행착오를 거친 후 구조적으로 완벽한 시스템을 만들었기에 심플하면서도 디테일한 보사노바를 대량생산할 수 있었을지도 모른다. 여름에는 상쾌하고 겨울에는 포근한 안토니오의 곡들은 쉽고 편안하면서도 늘어지지 않는 세련됨이 있다. 게다가 금방이라도 따라 할 수 있을 것 같은 리듬이 생각처럼 쉽지는 않다. 이것이 보사노바가 가진 디테일의 힘이다. 보사노바는 영어가 아닌 포르투갈어로 노래할 때 비로소 남미 해변을 걷는 기분을 만끽할 수 있다.

건축에서 장식을 극도로 증오한 아돌프 로스

"신천지를 개척하고, 새로운 것을 기도하고, 새로운 형식을 만들어내는 것은 패배자들인 경우가 많다." 거리의 철학자로 유명한 에릭 호퍼의 말이다. 이 말처럼 르 코르뷔지에에게 큰 영향을 미친 20세기 근대건축을 대표하는 건축가 아돌프 로스Adolf Loos는 시대에 환영받지 못한 패배자였다. 그의 정신과 감각이 너무 앞서 나갔기 때문이다.

아돌프 로스는 16세기 이탈리아 사람들이 아름다움과 조화를 가장 정확히 표현했다고 말한다.

"어떤 사물이 너무나 완벽해서 그것에 손해를 끼치지 않고는 어떤 것을 빼지도 더할 수도 없을 때 그 사물은 아름답다. 이는 최고로 완벽하며 완결된 조화다."

그는 기념비와 묘비를 제외한 모든 건축물은 예술이 아니라고 주장했다. 그가 몽퇴르 호숫가 관리사무소를 의뢰받고 지었을 때 "집이 너무 단순하다"는 이유로 해당 건물의 건축을 금지한다는 푯말과 함께 구속 직전까지 간 에피소드는 유명하다. 그가 가장 위대한 음악 천재라고 생각한 사람은 '12음 기법'을 만들고 조성음악을 해체한 '무조음악'을 선보인 작곡가 쉰베르크였다. 쉰베르크의 초기 음악은 대중의 인기를 누리기도 했으나 점차 기존의 작곡 방식을 버리고 독자적이고 파격적인 작곡 기법을 선보였다. 시대를 앞서간 쉰베르크는 20세기 음악에서 가장 큰 영향을 끼친 위대한 작곡가였다.

건축사의 불멸의 고전인 아돌프 로스의《장식과 범죄》는 쇤베르크의 무조음악만큼이나 당대의 충격이었다. 그가 이 책을 집필한 시기는 가장 화려한 시대였다. 당시의 빈은 탐미주의가 유행하며 궁정식의 고전주의를 흉내낸 지나친 장식이 건물에 새겨지고 조각되었다.

아돌프 로스는 문화가 낮을수록 장식은 더욱 강력해지며, 따라서 장식은 극복되어야 한다고 주장했다. 문화의 진화란 일용품에서 장식을 제거하는 것과 같다는 것이다. 그리고 마침내 유명한 말들을 세상에 투척한다.

"장식은 범죄다", "장식의 배제는 정신의 힘이다. 현대인은 예전의 문화와 낯선 문화의 장식을 자기 뜻대로 사용할 뿐이다. 그는 다른 것을 발명하는 데 전념한다", "귀한 재료와 좋은 작업은 장식을 추방한다", "장식은 허비된 노동력이며 그로 인해 허비된 건강이다."

아돌프 로스의 '로스 하우스'는 그 당시 유행하던 창문의 장식을 없앤 건물이다. 말끔해진 건물 외관을 보고 사람들은 '눈썹이 없는 집'이라는 별명을 붙였고, 장식을 없앤 건물에 화가 난 황제는 건축공사를 중단시켰다. 또한 실험정신이 집약된 '카페 무제움'은 허무주의 카페라고들 불렸다.

아돌프 로스가 두려워한 것은 100년 뒤에 활동하는 예술가들의 평가였는데, 살아생전 혹독한 평가를 받았던 그의 건축물들은 많은 사람의 사랑을 받는 세계적인 관광 명소가 되었다. 아돌프 로스에게 명예 회복이라는 장식이 이제야 전달된 것이다.

창의력의 여지를 남기려 했던 빛의 건축가 루이스 칸

빛의 건축가 루이스 칸Louis Kahn은 어렸을 때 불에 데어 손과 얼굴에 큰 화상을 입었다. '불꽃의 아름다움'에 매료돼 불붙은 탄을 손으로 잡았기 때문이다. 그럼에도 칸은 평생 불꽃과 빛을 사랑했고 건축에 유희를 담아내려 했다. 그는 건물에 불어넣는 창의력을 제작 과정에서 모두 표현하거나 소진하지 말고 다른 사람에게 충분히 남기라고 말한다. 이것은 작곡 과정이나 연주하는 순간에 너무 표현하지 않는 것, 숨을 고를 여지를 충분히 두는 것을 의미하기도 한다.

건축적 형태의 기원을 탐구하는 과정에서 칸은 시각적인 아름다움을 기꺼이 희생했다. 그에게는 새로운 과거에서의 발견이 더 중요했던 것이다. 그의 건축물 '킴벨 미술관'이나 '피셔 하우스'는 빛과 공간의 완벽한 조화를 보여주는 걸작이다.

건축에서 빛은 음악의 톤tone과 같다. 우리는 볼 수 없는 톤을 두고 '어둡다' '밝다' 혹은 '가볍다' '무겁다'라고 말한다. 틈과 틈 사이에 빛이 새어 나오듯 음과 음 사이에 톤이 빚어진다. 빛과 톤, 그리고 점, 선, 면이 공간에선 잴 수 없는 하나로 만날 수도 있겠다는 착각, 언제나 그것을 아는 것보다는 그것을 대하는 자세에 더 큰 의미가 있다.

재즈를 감상할 때도 적용되는 문장이 있다.

'건물을 대할 때 마음을 활짝 열고 그 건물에 대해 뭔가를 느끼는 것이 중요합니다. 바로 그 느낌이 오고, 때로는 좀 늦게 느끼기도 합니다. 실은, 건물이 스스로 말하는 것을 기다리는 것입니다. 선입견을 가진 채 건물 안으로 들어서면 안 됩니다.'
(폴 데이비스)

잠시 침묵하며 괴테가 표현한 '공간에 채워진 무언의 사운드 아트', 얼어붙은 음악으로서의 건축을 경험하고 나면 마침내 우리 얼굴에 미소, '모든 것을 바로 세우는 곡선(필리스 딜러)'을 그릴 수 있게 될 것이다.

재즈는 왜 슬픔을 위로할 수 있나요?

재즈는 낯선 땅에 뿌리 내려야 했던 아프리카계 미국인들의
고단한 삶과 애환에서 탄생했기 때문입니다.
그 슬픔을 달래기 위해 부르던 블루스가
리듬과 화성을 만나 거대한 예술로 승화된 것이지요.
비극적인 역사를 품고 있으면서도
끊임없이 변화하며 시대를 위로해왔기에
듣는 이의 마음 깊은 곳을 어루만질 수 있습니다.

3

사유는 때때로
음악처럼 흐른다

이것은 재즈가 아니다,
이것은

현대 음악의 문을 연 신고전주의의 선구자이며 미니멀리즘의 창시자인 프랑스 작곡가 에릭 사티Erik Satie는 1893년 작품 〈짜증Vexation〉을 작곡한다. 악보에 표기된 지시어는 다음과 같다.

'이 동기를 840회 연속으로 연주하시오. 이를 위해서는 미리 마음의 준비를 하고, 극도의 침묵 속에서 어떠한 미동도 없이 연주하시오.'

박자 기호와 세로줄이 제거된 한 장의 악보. 연주자는 무엇보다 이 악보를 '아주 느리게' 연주해야 했다. 연주 시간이 14시간에서 느리게는 20시간 가까이 걸리는 이 작품은 에릭 사티 사후 1963년에 이르러서야 존 케이지에 의해 처음 세상에 선보였다. 그리고 4명의 연주자와 교대로 18시간을 연주함으로써 초연에 성공한다.

한 장의 악보로 20시간 연주하는 짜증

그 후로도 많은 피아니스트의 도전과 실패가 이어졌고, 여러 연주자의 릴레이 연주로 완주되었다. 2020년 마침내 베를린의 스튜디오에서 피아니스트 이고르 레바트가 15시간 30분 동안 연주하는 과정이 그대로 유튜브로 생중계되었다. 그는 두 번의 휴식을 취했고 5리터의 물을 마셨다. 다소 지치고 힘든 표정으로 때로는 연주하며 노래를 부르는 등 극한의 상태를 이겨내며 "화가 나도 참아냈다"고 한다.

연주 횟수가 길어질수록 어떤 연주자는 환각 증세를 보이며 연주를 중단하고 들어가거나 제멋대로 연주하는 경우도 빈번했다. 결국 인내심의 한계를 느낀 관객들은 하나둘씩 공연장을 빠져나갔다. 이 모든 상황은 에릭 사티가 의도한 결과였다. 작품 〈짜증〉의 구성요소는 악보를 연주자 마음대로 연주하는 것뿐만 아니라 곡을 감상하는 관객의 태도(팔짱을 끼거나 과자먹기, 하품하기, 재채기하기, 중간에 자리를 박차고 나가기 등)도 작품을 완성하는 조건이었다.

연주자와 관객 모두를 경악하게 한 이 작품 〈짜증〉에서 에릭 사티가 시도한 것은 '곡에 대한 무관심'이었다. 아울러 작곡가에게도 관심을 두지 말 것을 요구했다. 그는 무심하고 불확실한 상태에 머물 가능성으로 〈짜증〉이라는 거대한 작품을 구현해낸 것이다.

에릭 사티의 840회 연속된 단조로움은 사랑을 이룰 수 없는 '체념'에서 시작되었으나 마침내 다시 자기 자신을 향한 부드럽고 단단한 배려의 다른 이름인 '짜증'으로 승화되었다. 결국엔 고요한 무관심으로 흘러가야 할 감정. 이 무관심의 음악은 에릭 사티가 1920년에 만든 새로운 장르인 '가구음악'의 일환이었다. 장 콕토 대본의 연극에서 공연한 가구음악은 마치 사적인 대화, 벽에 걸린 그림처럼 배경으로 삶에 기여하는 데 가치가 있었다.

에릭 사티는 쉬는 시간에 연주되는 음악에 사람들이 관심을 보이자 '음악에 집중하지 말아달라'며 화를 내기도 했다. 가구음악은 1970년대 이후 유행한 공간음악(ambient)이나 배경음악(BGM)을 예견한 것으로 보인다. 그는 불편함을 편안함 이상으로 여기고 자신이 '음향 측정 기술자'라고 불리기를 원했다.

에릭 사티에게 음악은 거창한 예술이 되어서는 안 되었기에 자기 작품이 누구나 듣고 싶은 대로 들으면 되는 음악으로 남아야 했다. 그의 대표곡인 〈짐노페디〉는 단순한 선율의 고요함과 명상의 분위기를 자아내는 단조로움의 미학을 보여준다. 그의 바람처럼 〈짐노페디〉는 가구음악으로서의 위상을 지니며 최근까지도 광고나 영화에서도 자주 듣는 음악이 되었다.

<짐노페디>의 느리고 맑은 선율들은 명상할 때 도움이 된다. 빌 에반스를 비롯한 많은 재즈 뮤지션이 즐겨 연주하는 곡이기도 하다. 형식의 파괴와 이전에 없었던 음악 어법으로 현대 음악의 포문을 연 에릭 사티의 음악이 대중에게 환영받은 것은, 안타깝게도 그의 죽음 이후였다. 삶의 대부분을 끝내 시대와 조우할 수 없었던 에릭 사티는 자신의 운명을 두고 이렇게 말한다.

"나는 너무 늙은 세상에 너무 젊어서 왔다."

시대를 앞서간 천재다운 독백은 계속 이어진다. 재즈가 아름답고 현실적인 것은 재즈가 우리에게 자신의 고통을 이야기하기 때문이라고. 하지만 그가 언급한 것은 재즈가 아니라 그 자신이었다.

짜증을 우아함으로 환원시킨 풍자와 역설

그에게는 풍자와 해학이 있었기에 고통을 있는 그대로 이야기할 수 있었다. 그의 작품 제목이나 악보 위의 지시어들을 보라. <까다로운 여인의 왈츠> <개를 위한 엉성한 진짜 연주곡> <엉성한 프렐류드>(이상 작품 제목), '치통을 앓는 나이팅게일처럼' '매우 기름지게' '너무 많이 먹지 말 것'(이상 지시어). 근대 최고의 몽상가인 그에게 '지루함'은 발터 벤야민의 멋진 비유처럼 '경험의 알을 부화시키는 꿈의 새'였다.

지루함의 한계를 견뎌내는 건 사물이 아닌 시간에 대한 '응시'

심고우리corishim ©

다. 에릭 사티는 우리가 〈짜증〉을 감상하지 않고 그저 응시하기를 기대했는지도 모른다. 우리가 일상에서 밀어내고 싶어 하는 지루함, 짜증, 권태는 에릭 사티의 독특한 풍자와 역설이 담긴 작품을 통해 우아함, 부드러움, 친밀함으로 환원된다.

에릭 사티는 평생 가난하고 고독했으나 자유로웠다. 카바레에서 피아노를 치고 샹송을 작곡했다. 알코올 중독에서 벗어나지 못한 천재의 방을 채우고 있던 건 12벌의 회색 벨벳 양복과 100여 개의 우산(그는 비가 오면 우산을 품속에 넣고 다녔다), 그리고 수북이 쌓인 악보였다. 클래식의 피카소, 초현실주의자이자 초기 다다이스트인 에릭 사티가 재즈 뮤지션에게 지대한 영향을 준 것은 놀라운 일이 아니다.

그에게는 진실하지 않은 음은 하나도 쓰지 않겠다는 신념과 상상하고 가정할 줄 아는 정신이 있었다. 그는 쉬지 않고 작품에 몰입하며 매 순간 나아갔다. 관객들의 당혹감도 아랑곳하지 않았다. 인상주의에 아듀를 고하며 모험심으로 집대성한 〈짜증〉은 재즈가 아니다. 에릭 사티의 지칠 줄 모르는 정신, 그것이 재즈다.

허영과 위선의 삶을 허용하지 않은 부코스키

미국인이 가장 좋아하는 작가, 미국 서점에서 가장 많이 도난당하는 책의 저자, 죽기 전까지 글을 썼던 현대 문학의 이단아 찰스 부코스키Charles Bukowski의 비명은 'Don't try(애쓰지 마라)'였다. 최선을 다하되 욕심을 부리지 말라는 당부가 아니었을까. 방탕한 예술가로도 비난받았던 찰스 부코스키는 아버지의 잦은 학대로 암울했던 유년기를 두고 "일찌감치 지하 세계에 발을 들였다"고 말한다. 그러한 고통은 훗날 술과 마약과 도박으로 찌든 삶으로 연결되기도 했지만, 한편으론 거침없이 직설적인 극사실주의자의 삶과 작품을 써 내려가는 원동력이 되었다.

무엇인가를 시도할 계획이라면
끝까지 가라.

그렇지 않으면 시작도 하지 말라고 시작되는 그의 시는 삶에 대한 철학의 정수를 보여준다. 그는 또 끝까지 가기 위해서 '고립'은 선물이라며 위로한다. 그리고 다짐한다.

하고, 하고, 하라.
또 하라 끝까지, 끝까지 하라. 너는 마침내 너의 인생에 올라타
완벽한 웃음을 웃게 될 것이니
그것이 세상에 존재하는 가장 멋진 싸움이다.

그는 공장에서 비스킷을 굽고, 거리의 포스터를 붙이고, 도살

장에서 잡역부로 혹은 철도 노동자로 전전했다. 그리고 우체국에서 12년간 일하며 간간이 시를 쓰기도 했으나 해고당하기 직전 파격적인 출판사의 제의로 마침내 전업 작가의 길로 들어섰다. 그의 파란만장한 삶은 작품 속에서 다시 활기를 띠기 시작한다. 그러나 작가로서의 삶은 결코 순탄치 않았다. 언더그라운드의 전설이라 불리는 그가 작품에서 빈민가의 거친 삶을 낱낱이 들춰냈을 때 출판사들은 역겹고 추하다는 이유로 번번이 퇴짜를 놓았다.

이로 인해 찰스 부코스키의 알코올 중독과 우울증은 나날이 깊어졌다. 그러나 그의 천재성은 실패에 초연해지면서 두각을 나타낸다. 그는 자신이 살아온 삶의 편린들을 제목으로 옮겨놓았다. 《우체국》《호밀빵 햄 샌드위치》《술고래》《일상의 광기에 대한 이야기》《와인으로 얼룩진 단상들》《사랑은 지옥에서 온 개》《망할 놈의 예술을 한답시고》《창작 수업》 등등. 그의 글에는 통찰력 있는 유머와 풍자가 넘친다. 단순하면서도 핵심을 놓치는 법이 없다. 문장을 얇게 가린 거칠고 외설적인 표현만 걷어낸다면 단순하고 투명한 삶의 진실을 마주할 수 있다. 그는 허영과 위선과 기만의 삶을 허용하지 않았다.

부코스키의 말이 울림이 있는 것은 그 자신의 표현대로 '어떤 보호막도 겉치장도 없는 궁극의 자연스러움'을 지니고 있어서다. 그는 냉소적인 성격이었지만 비관론자는 아니었다.

난 아직
운이 좋아.
작가의 벽에 부딪혔다는
글이라도 쓰는 게
아예 못 쓰는 것보다는
낫잖아.

글이 써지지 않는다고 투덜대는 작가나 출판사의 연락을 기다리는 초조한 작가들에게 언제라도 권해주고 싶은 시다. 당대의 문학사조를 바꾸어놓은 부코스키는 여전히 글쓰기가 두렵다고 고백한다.

"글을 쓰는 건 특이한 일이다. 어디에도 도달하지 못한다. 가까이 갈 수는 있지만 결코 도달할 순 없다."

그는 단순한 방식으로 완전한 걸 말하기 위해 단순함에 몰두했다. 이미 천재였지만 다시 천재가 되기 위해 단순해지기로 작정한 그는 방탕한 삶을 살고 늘 취해 있으면서도 끝까지 펜을 놓지 않았다. 그리고 끊임없는 탐구 정신으로 변화를 추구했다. 실패에 초연하는 자세, 삶의 고통을 마주하는 능력, 진실을 향한 갈구, 글쓰기와의 투쟁, 담담한 낙관주의, 기존 질서에 대한 저항, 현실에 대한 비판, 인생의 공허함에 대한 통찰력, 어딘가에 늘 한 줄기 빛이 있다는 희망, 머지않은 소통과 조화…… 그의 시와 소설과 산문은 결코 재즈가 아니다. 컨템포러리한 삶에서 보여준 모든 삶의 양식, 그것이 재즈다.

슬픔과 체념의 소리를 연주한 마일즈 데이비스

《재즈북》의 저자 요하임 에른스트 베렌트는 마일즈 데이비스의 음악을 "마일즈의 사운드는 음악적이라기보다는 개인적 저항에 어울리는 무조건적인 슬픔과 체념의 소리다"라고 요약한다. 그렇다. 재즈의 신이라 불리는 마일즈 데이비스의 연주는 슬픔과 체념의 소리였다. 체념은 일본의 이키 문화를 이끄는 중요한 감정으로 '은은한 방식으로 이원성을 드러내는 것'을 의미한다.

이러한 이원성의 방식으로 마일즈는 재즈에 대한 새로운 개념들을 제시하며 "재즈에서 틀린 음은 없으며 음들이 틀린 장소에 있을 뿐이다. 연주하는 그 음이 틀린 게 아니라 그다음에 오는 음이 그게 옳았냐 그르냐를 결정하는 것이니 실수를 두려워하지 말라"고 한다. 그리고 연주자들이 간과하기 쉬운 습관에도 일침을 가한다. "아는 것을 연주하지 말고 들리는 것을 연주하라." "때론 불지 않는 것이 부는 것보다 더 중요하다."

비밥 스타일에 저항해 만든 〈Kind of Blue〉는 재즈 역사상 가장 많이 팔린 음반이다. 재즈의 혁신이라 할 수 있는 이 음반은 재즈의 경계를 확장시키며 재즈 역사에 센세이션을 일으켰다.

기존의 화성적 진행과 코드 중심의 연주 스타일을 벗어나 선법(고대 그리스에서 사용된 음을 나열하는 스케일)을 사용함으로써 코드 변화가 줄어든 대신 선율이나 리듬, 음색과 감정을 중요시하는 모달 재즈Modal Jazz가 등장한 것이다.

이 혁신적인 음반은 리허설 없이 원테이크(반복하지 않고 한 번에 녹음하는) 방식으로 진행되었다. 마일즈는 이 음반에서 자발성을 원했기 때문에 모든 사람이 연주해야 할 것에 대한 스케치를 가져갔다. 녹음할 당시 주문은 단 하나였다. 어떤 소리를 만들 수 있는지 더 깊이 생각해보자는 것. 빠르지 않은 템포에 한층 세련되고 단순해진 선율, 다양해진 즉흥연주는 오래 들어도 질리지 않는 신비한 사운드였다. 연주하는 사람의 태도와 스타일을 강조했던 마일즈는 비밥에서 쿨 퓨전과 힙합에 이르기까지 재즈의 장르를 확장해 나갔다.

역대 베스트앨범의 위상을 지키고 있는 음반《Kind of Blue》는 판매 누적 수가 400만이 넘는다. 지금도 많은 재즈 뮤지션뿐만 아니라 다른 장르의 예술가들에게도 영향을 미치고 있다. 마치 미래의 청중을 예견하고 만든 듯한《Kind of Blue》의 시들지 않는 생명력은 연주자 간의 깊은 신뢰와 실험정신에 기인한다.

마일즈는 언제나 주머니에 마우스피스를 넣고 다녔다. 언제든지 연주할 수 있도록, 아니면 새로운 사운드를 실험하기 위해서였다.《Kind of Blue》는 세계적으로 가장 사랑받는 재즈 음반이다. 그러나 그것은 단순한 음반이 아니라 재즈를 넘어선 음악의 본질이다. 이러한 의미에서 재즈는 장르에 머물지 않는다. 세계를 향해 열려 있는 가능성.

재즈는 하나의 정신이다.

니체의 글 속에는
재즈의 운율이 있다

　　'신은 죽었다'라는 아포리즘으로 철학사에 충격을 던진 니체의 원동력은 결여와 결핍이었다. 오직 어린 시절의 결여와 질환으로 인한 고통, 그러나 다시 비워진 삶 속에서 니체의 문체는 탄생했다. 고트프리트 벤은 니체의 비극적인 문체가 독일 산문에서 해방된 언어의 시대를 예고했음을 알렸다. 그의 찬사처럼 니체의 문체가 진리를, 시대를 넘어선 것이다. 저 유명한 토마스 만의 통찰대로 니체의 문체는 독일의 산문에 그 이전에는 발견할 수 없었던 감성과 리듬을 부여함으로써 자기만의 문체를 꿈꾸는 사람들에게 절대적인 영향을 미쳤다.

소리와 리듬을 연결해 춤을 이룬 문체

　　니체는 1873년에 〈독서와 글쓰기에 관하여〉를 통해 문체 교육의 중요성, 좋은 취향과 엄격한 언어적 단련에 대해 말한다. 문체는 어떠한 심미적 관점을 가지고 있느냐가 중요하다는 것이다. 그는 무엇보다 문장의 템포를 강조했는데, 그 내용은 연주자들에게도 적용될 만큼 놀랍다.

음률상 결정적인 음절(음)을 대충 다루지 말 것, 엄격한 대칭의 단절을 의도적인 것으로 그리고 매력적으로 느낄 것, 온갖 스타카토나 루바토에 오래도록 귀 기울일 것, 모음이나 복모음의 배열 속에서 의미를 헤아리고 그 모음들이 계속되는 동안(연주에서의 잇단음표) 얼마나 부드럽게 채색될 수 있는지 헤아릴 것. 그리고 그는 다시 묻는다. "독자들(청중들) 가운데 언어(연주)에 숨어 있는 그렇게 많은 기교와 의도에 오래도록 귀 기울일 수 있는 호의적인 사람이 누가 있겠는가?"

소리와 리듬을 연결해 문장을 이룬 니체의 문체는 그의 말처럼 하나의 춤이다. 그의 고민은 한 가지였다. 음성적 차이들을 글에서 표현할 수는 없을까? 작곡가로서의 꿈을 이루지 못한 니체는 바그너에 대한 반감으로 자신의 문장을 악보처럼 만들었다. 구성보다 즉흥이 더 큰 비중을 차지했던 (스트라빈스키에 따르면) 바그너의 무한선율에 문장으로 의지를 표명한 것이다. 그에게 문장부호의 글자체는 음악의 연주부호와 같았다. 그에게 있어 물음표, 하이픈, 말없음표는 소리 없는 사유였다. "항상 먼저 하이픈으로 시작한다"는 니체의 문장 철칙은 자신의 사유를 드라마처럼 구성하려는 의도를 가지고 있다. 단어들 사이에 있는 문장부호들, 니체는 그 문장부호들이 단어들을 넘어서 정신의 영역에 이른다고 해석한다. 니체에게 모든 가치의 전복은 따옴표로 묶어둔 단어에서 실현되었다. 극단적인 구두점과 문장부호를 모두 출현시킨 그의 문장은 기개가 넘친다. 문법이라는 관습을 넘어선 그의 산문은 시적인 요소들을 문장에 통합함으로써 고대 이래 통용되었던 한 문장의 문체 설정, 즉 정형률과 비정형률을 함께 쓰지 말라는 금기를 깨고 있다. 그래서 니체는 말한다. "진실로 우리는 시와 직면해 있을 때에만 좋은 산문을 쓸 수 있다"고. 그의 문장엔 언제나 메아리가 들린다. 가령 이러한 문장들, 어떠한 "자기-극복이!" 어떠한 "자기-부정이!"

문장이 교향곡으로, 꿈을 이룬 차라투스트라

니체의 〈이 사람을 보라〉 중의 문장들, 재즈의 Improvisation (즉흥성)에 대해서도 이처럼 탁월한 해석은 없을 것이다. "쓸 때마다 매번 새로 시작해야 하고, 그것이 사람들을 오도해야 하기에 냉정하고, 심지어 반어적이고, 의도적으로 전면에 나서기도 하며, 의도적으로 늘어지기도 한다. 그러고 나면 점차 동요가 커지며, 번개가 치기도 하고, 불쾌한 진리들이 둔중한 울림과 함께 큰 소리로 변하면서 결국에는 모든 것을 극도로 긴장시키며 마

114

침내 폭풍 같은 거친 속도에 이른다. 마지막에도 매번, 전율로 가득한 불협화음하에서, 두꺼운 구름 사이로 하나의 새로운 진리가 보인다.”

니체의 《차라투스트라는 이렇게 말했다》는 리하르트 슈트라우스의 교향시로, 말러의 3번 교향곡 〈즐거운 학문〉으로 연주되었다. 그의 문장이 마침내 교향시로, 교향곡으로 울려 퍼지기 시작한 것이다. 그의 분신 차라투스트라의 꿈은 마침내 실현되었다.

‘나의 의지여, 건승하기 바란다.’

그는 사상이 자기 발로 걸어갈 수 없기에 시인은 운율의 마차 위에 사상을 태워 끌고 와야만 한다는 것을 알았다. 어떠한 지식 없이 이해되는 음악의 위대함을, 그 누구도 음에 저항할 수 없음을 탄식한 그에게 산문의 리듬화는 일종의 의무였다. 그는 문체를 통해 그리스 비극이 보여주었던 구어성의 형식(몸짓, 리듬)을 재현해내려고 했다. 그의 시적 음악적 의도는 글을 말로 바꾸는 것, 문자에서 울리는 소리였다. 그는 거듭 말한다. “글을 쓰는 기술에는 말하는 사람만이 가지는 몸짓, 악센트, 어조, 눈길 등의 수단이 요구된다”고.

니체는 의도적으로 문장들에서 기교를 빼기도 했는데, 이는 문법적 문장을 벗어난 글 뒤에 숨겨진 작가의 목소리를 찾게 함이었다. 글과 말의 경계를 넘어서는 불완전성이 니체에게는 ‘시적 음악성'으로 회복되는 것이다. 니체의 위대한 강령인 '모든 가치의 전복'은 경계를 넘어서기에서 시작된다. 니체는 미적 경험이 언제나 '진행'의 성격을 띤다고 말한다.

연속적인 감정의 흐름으로 살아 움직이는, 니체의 미적 경험으로 바라본다면 "연주가 끝났다"가 아니라 "연주가 진행되었다" 혹은 "연주가 진행되었었다"라고 말해야 하는지도 모른다.

기존의 문장구조와 문법을 해체한 니체의 문장들은 세 단위의 어군들이 춤을 추듯 리듬을 타고 있다.

"피폐해진 삶, 종말에의 의지, 거대한 권태" "바그너를 포함해서, 쇼펜하우어를 포함해서, 그리고 현대적 '인간' 전체를 포함해서."

아도르노는 매너리즘에 빠진 어설픈 사상가들을 '레슬링협회'라고 조롱하며 정신이 투쟁하는 삶을 살아야 한다고 비판했다. 삶의 비극적 경험이 바탕이 된 그리스 비극에서 전해지는 울림. 고전과 현대의 경계를 넘어선 문화의 상호적 융합으로 재현된 것이 니체의 산문이었다. 그것은 서정시의 음조와 리듬으로 확장된 '미래의 문체'였다. 자신의 삶 자체를 문장으로 치환한 니체의 문체는 한 시대의 사조를 만들었다. 한마디로 그의 '위대한 스타일'은 힘에의 의지다. 묄러 판 덴 부르크에 따르면 "스타일은 정신적 예술이고, 스타일에서 인간은 다시 자기를 닮은 사람을 발견하며, 스타일은 하나의 의식이다." 어느 소설 주인공의 말처럼 "스타일이 모든 것이다."

〈트리스탄과 이졸데〉의 피아노 발췌곡을 듣는 순간 나는 바그너주의자가 되었다"는 니체의 고백은 그가 음악으로 표현된 그리스인의 예술양식 즉 감각과 직관의 디오니소스적인 삶과 질서와 조화의 힘을 상징하는 아폴론적 삶이 문체에 쓰일 것을 함께 예감하고 있다. 시와 음악과 산문이 불가분의 관계임을, 그것만이 나아갈 길임을 직관적으로 감지한 것이다. 실제로 니체는 종종 사람들을 초대해 서너 시간 동안 즉흥연주를 하기도 했다.

우리가 알고 있는 멜로디는 그리스어 멜로디아에서 온 것으로 멜로디아는 원래 단편, 문장을 이루는 부분을 뜻하는 '멜로스'의 노래를 의미한다. 말하자면 음악적 용어로 생각했던 멜로디가 실은 단편이나 문장을 뜻하는 것이다. 니체가 옳았다. 그러니 모든 시나 산문은 처음부터 음악적인 시, 리듬감 있는 산문이어야 하는 것이다. 스트라빈스키가 "바흐는 비할 데 없는 기악의 글쓰기입니다"라고 말한 것이나, 스테판 말라르메의 〈목신의 오후〉가 드뷔시의 작품이 된 것은 모두 경계를 넘어선 예술작품이다.

읽을 때마다 새로워질 위험, 시와 재즈

니체가 만들어낸 인물 위버멘쉬(초인, 극복인)는 자신의 삶을 창조하고, 극복하고, 새로운 가치를 추구한다. 그는 끊임없는 자기 변화를 통해 성장하고, 자신의 운명을 그대로 받아들이며, 그 안에서 기쁨을 찾는다. 자신의 삶을 재평가 재정립하며 능동적 삶을 살아간다. 니체의 이상이자 분신인 위버멘쉬를 통하여 니체는 개인을 억압하는 모든 절대이념이나 통념, 관습에서 벗어나는 삶을 보여준다. 그는 당부하고 제시한다. "인간이란 짐승과 위버멘쉬 사이를 잇는 밧줄, 하나의 심연 위에 걸쳐진 밧줄인 것이기에, 영원한 자기창조와 영원한 자기파괴라는 디오니소스적인 세계, 이중적 환희의 은밀한 세계인 '선악의 저편'을 향해 나아가야 하는 것"이라고,

니체가 "음악이 없었다면 인생이란 오류 그 자체였을 것"이라고 했듯이 내게는 니체의 책이, 문장이, 문체가 언제나 힘과 용기를 준다. 위에서도 언급한 〈힘에의 의지〉 마지막 부분들.

'자기 자신 안에서 휘몰아치고 범람하는 힘의 바다. 무수한 회귀의 해 동안 자기 형상의 썰물과 밀물을 반복하면서 영원히 변전하고 영원히 돌아오는 것, 가장 고요하고 가장 단단하며 가장 차가운 것에서 가장 밝게 타오르고 가장 거칠며 자기 자신과 가장 모순된 것으로 나아가는 것, 그러고는 다시금 충만에서 단순으로, 모순의 유희에서 조화의 쾌락으로 돌아오는 것, 이처럼 여러 해 동안 똑같은 궤도를 달리면서 자기 자신을 긍정하는 것……'

　　뒤라스의 말처럼 "매일 저녁 새로워질 위험이 있는 살아 있는
그 무엇"은 연극뿐만 아니라 재즈 공연, 시 낭독에도 해당된다.
시는 "읽을 때마다 새로워질 위험이 있는 그 무엇"이다.
　　내게 있어 재즈는 매 순간을 극복하고자 대기 중에 흩어진, 그
리하여 마침내 저편을 향해 건너가는 자, 초인(위버멘쉬)이다.

침묵의 작곡가 바흐는
'재즈의 조상'

세상의 모든 소리가 소음(광고음, 기기음)이 되어 침묵은 힘을 잃고 사물의 위용만 남은 시대. 이제 우리는 그를 떠올리지 않을 수 없다. 고요 속에서 질서를 발견하고, 침묵 사이에 흐르는 음악을 끌어모은 침묵의 작곡가였던 요한 세바스티안 바흐Johann Sebastian Bach.

'바흐는 재즈를 창조했다.' 재즈 연주자와 음악 이론가들 사이에서 널리 회자되는 말이다. 가장 유명한 바흐 앨범 시리즈인 (바흐의 음악을 재즈로 해석한 1959~2000년의) 'Play Bach 시리즈'를 작업한 프랑스의 피아니스트 자크 루시에는 "바흐는 이미 재즈적 사고에서 음악을 시작한 '재즈의 조상'이다. 그의 음악은 재즈와 클래식의 경계를 넘나드는 '제3의 흐름'을 구현하는 데 이상적인 기반이다"라고 말했다. 재즈계의 쇼팽으로 불리며 낭만주의 피아니스트들의 클래식 화성을 도입해 재즈 피아노 보이싱에 혁명을 일으킨 재즈 피아니스트 빌 에반스는 바흐의 〈평균율 클라비어곡집〉, 〈2성 및 3성 인벤션〉 같은 작품들을 연습한 것이 터치와 손가락 독립성을 개선하는 데 도움이 되었음을 자주 언급했다.

대위법을 정점에 올려놓은 천재

고전 시대의 바흐는 이미 뛰어난 즉흥 연주자였다. 그는 오르간이나 하프시코드 앞에 앉으면 즉흥적으로 한 편의 대곡처럼 연주해낼 수 있었다고 한다. 음악가 집안에서 태어난 그는 타고난 재능에 머물지 않고 끊임없이 이전 작곡가들의 악보를 분석하며 모든 스타일을 익히고, 음과 음이 얽히는 방식인 대위법을 과학자처럼 연구했다. 그가 만든 음악 구조나 화성 진행은 당대에는 너무 복잡하고 어려워 외면당하고 사후에는 '구식'이라며 잊히기도 했으나 시대가 바뀌면서 그의 음악이 지닌 초월적인 수학적 혹은 감정적 질서가 재조명되기 시작했다.

주제를 변주하고 확장해 나가는 형식으로 구성된 푸가나 토카타 같은 곡들은 재즈의 즉흥연주 방식과 유사하다. 강한 리듬과 독특한 뉘앙스를 가진 바흐의 무곡들('지그' '사라방드' '가보트')에서도 스윙 리듬을 느낄 수 있다. 선율과 선율이 대화하는 구조로 이루어진 대위법은 재즈의 뼈대라 할 수 있는데 이는 재즈 연주자들이 서로의 라인을 따라가며 대화하는 방식을 말한다. 바흐는 그 시대에 대위법을 최고의 정점에 올려놓은 음악가였다. 재즈 앙상블에서 즉흥 솔로와 리듬 세션의 상호작용을 보여주는 재즈의 대위법은 선율과 선율이 대화하는 구조로 여러 멜로디를 동시에 조화롭게 만드는 바흐의 대위법에 기인한다. 색소폰 연주자인 존 콜트레인(하드 밥, 프리재즈, 아방가르드 재즈)이나 베이스 연주자 찰스 밍거스(하드 밥, 비밥, 아방가르드 재즈, 프리재즈) 같은 뮤지션들이 복잡한 선율 구조에서 바흐적 아이디어를 차용했다.

바흐의 코랄과 푸가는 화성과 선율이 어떻게 움직이는지를 알 수 있는 풍부하면서도 논리적인 화성 진행으로 구성된다. 재즈 화성학은 바로 그 두 가지 형식에 뿌리를 둔 것으로 보인다. 코랄과 푸가는 하모니의 진행이 논리적이면서도 예측을 벗어날 때가 많은데 이는 재즈 뮤지션의 코드 보이싱이나 대체 코드로 재해석되는 부분과 흡사하다. 재즈 피아노에서 왼손은 리듬이나 베이스에 머무를 때가 많으나 바흐 음악에서는 왼손도 완전한 주체로 움직인다. 두 손이 독립적으로 움직이는 훈련은 재즈의 보이싱과 폴리리듬 감각을 익히는 동시에 마치 두 명의 연주자가 연주하는 듯한 느낌을 준다.

바흐는 18세기 음악가였으나 그의 음악적 언어와 사고방식은 재즈와 깊이 맞닿아 있다. 바흐의 음악은 '무엇을'이 아닌 '어떻게'에 초점을 맞춘다. 답이 아닌 질문으로 이어지는 과정의 연속은 그의 음악이 이미 재즈적 요소를 내포하고 있음을 보여준다.

키스 자렛의 극한 상황에서의 즉흥연주

클래식과 재즈를 모두 아우르는 재즈 피아니스트 키스 자렛 Keith Jarrett은 바흐의 작품을 직접 연주하기도 하는데, 그의 즉흥 연주는 구조적 치밀함이 '바흐적(작곡 같은 즉흥연주)'이라는 평을 받는다.

1975년 이어지는 공연으로 컨디션을 회복하지 못한 채 무대에 오른 그는 조율 상태가 엉망진창인 피아노로 공연을 시작했으나 이에 굴하지 않고 최고의 몰입을 보여주며 실황 앨범《쾰른 콘서트》를 녹음했다. 극한 상황을 이겨낸 연주자와 엔지니어의 완벽한 앙상블로 탄생한 이 음반은 대중의 환호를 받으며 '다시 없는 명반'으로 남았다.

바흐의 곡과 자신의 곡을 교차시켜 연주한 재즈 피아니스트인 브래드 멜다우Brad Mehldau의 〈After Bach〉 역시 클래식과 재즈를 동시에 감상할 수 있는 최고의 연주 중 하나로 손꼽힌다. 바흐와 쇼팽의 구조적 깊이가 재즈에 완벽하게 스며든 것은 낭만주의 음악가의 영향을 받으며 클래식 연주자에서 시작된 여정에서 어렵지 않게 찾을 수 있다.

"재즈라는 자유의 목소리를 가지려면 나가서 즉흥연주를 해보고, 위험을 감수하고, 그리고 완벽주의자가 되지 말라"고 하던

쿨재즈의 거장 데이브 브루벡David Warren Brubeck(재즈 피아니스트)
은 폴리리듬과 클래식 형식을 접목한 재즈를 많이 작곡했으며
바흐의 영향을 자주 언급했다. 그의 앨범《Brandenberg Gate》는
바흐에 대한 존경심을 표하고 있다.

바흐와 어울리고 재해석한 재즈 음악가들

아카펠라 보컬 그룹이 바흐의 곡을 스캣으로 재해석한 음반
도 있다. 바로 'The Swingle Singers'의《Jazz Sebastien Bach》
(1963)이다. 바흐의 푸가, 인벤션, 협주곡 등을 경쾌하고 재치 있
게 편곡해 실험적인 느낌을 주는 이 음반은 클래식과 재즈 각 장
르에서 모두 성공을 거두었다(Fugue in D minor, Prelude No.1 in C
minor).

전통적인 재즈 보컬의 틀을 벗어나 보컬 퍼포먼스와 보이스
퍼커션과 보디 사운드로 마술적인 즉흥을 선보이는 보컬리스트
바비 맥퍼린과 클래식의 전통을 지키면서도 다양한 장르와 문화
를 첼로의 선율로 변주하는 세계적인 첼리스트 요요마의 앨범
《Hush》역시 바흐의 음악을 재해석한 최고의 음반이다. 그중에
서도 가장 많이 알려진 곡이 〈Ave Maria〉와 〈Air on the G
String〉이다. 이 두 연주자의 협업은 고유의 방식을 벗어난, 클래
식과 재즈로 탄생된 '조응의 미학'을 보여준다.

프랑스에서 클래식을 공부하고 미국에서 천체 물리학과 재즈

를 전공한 독특한 이력의 재즈 피아니스트 단 테퍼Dan Tepfer는 〈Natural Machines〉라는 작품을 통해 자신이 개발한 알고리즘과 피아노 연주를 실시간으로 결합한 멀티미디어 프로젝트 음악과 기술의 융합을 보여준다.《골든 베르크 변주곡》앨범에서는 변주 사이에 자신의 즉흥연주를 삽입해 두 장르의 경계를 허물고 있다. 단 테퍼가 시도하는 '재즈 즉흥과 과학기술 융합 작업'은 미래 음악을 탐구하는 많은 이들에게 영감을 줄 것이다.

깊은 신성으로 복잡한 감정을 가라앉히는 '바흐 효과'

바흐 음악은 뇌에 안정감을 주고 반복적이고 질서 있는 구조로 인해 불만, 스트레스, 과잉 자극을 줄이며 마음의 평온을 가져다준다는 연구 결과가 있다. 바흐의 곡은 복잡하지만 대위법적 구성이 많아서 뇌의 좌우 반구를 동시에 자극함으로써 집중력과 인지능력을 향상시킬 수 있다고 한다. 꾸준히 듣다 보면 창의력이 증진되고 문제 해결 능력이 개선되는데 이것이 일명 '바흐 효과'다.

바흐 음악처럼 재즈의 즉흥연주도 실시간으로 아이디어를 만들어 나가고 결합하는 과정을 통해 창의력과 문제 해결 능력, 새로운 시각을 갖는 데 도움이 된다. 바흐의 〈G선상의 아리아〉 같은 곡은 심장을 안정시키고 호흡을 고르게 하는 효과도 있는데 이는 바흐 음악이 내면적인 평형을 유지하며 차분하고 깊은 정서 상태를 지니고 있기 때문이다. 〈무반주 첼로 모음곡〉이나 〈골드베르크 변주곡〉에서는 격정보다는 절제, 열정보다는 중심을 향한 깊은 차원의 고요한 진동을 느낄 수 있다.

〈마태 수난곡〉 〈B 단조 미사〉 등은 종교적, 철학적 의미가 담긴 숭고한 분위기로 명상이나 내면 탐색에 사용되기도 한다. 음악으로 신의 영광을 드러내고자 했던 바흐의 음악에는 늘 깊은 신성이 감돌며 복잡한 감정을 가라앉히는 효과가 있다. 음악치료에서도 바흐 음악의 규칙성과 조화로운 리듬이 신경계를 자극해 치료에 도움이 된다는 긍정적인 사례가 보고되고 있다.

한국인은 왜
바흐 음악에 더 감동받을까

　　　　바흐의 음악은 한국인의 정서와 깊은 공감대를 지닌다. 한국인의 한恨의 정서와 바흐의 내면성에는 슬픔, 절제, 체념에서 오는 깊은 감정의 결이 있다. 바흐의 음악은 한을 위로하고 정화하는 힘이 있다. 음악에서 배경처럼 흐르는 침묵은 인간 내면을 어루만지는 치유의 에너지로 작용한다. 그 놀라운 힘과 에너지는 바흐가 9살 때 부모를 여의고 상실을 견디며 음악 안에서 외롭고 조용한 성장기를 보냈던 운명을 받아들인 결과였다. 그의 음악이 따뜻하고도 고요하게, 질서 안에서 울리는 이유이기도 하다. 〈무반주 첼로 모음곡〉은 기쁨보다는 고요하고 깊은 성찰로 고통이 승화된 감정이 흐르는 곡이다. 공간을 감싸는 침묵의 음악은 한 음 한 음이 공기 속에 퍼지며 공간을 채워나간다. 이러한 '형식에 감정을 은근하게 녹이는 방식'은 내면화된 감정으로 연주되는 시조나 산조 같은 절제된 한국의 미와 자연스럽게 연결된다.

한국의 전통문화는 자연 순응적인 세계관과 함께, 인간은 자연의 일부라고 생각하며 조화를 가장 중요하게 여긴다. 바흐의 음악도 우주의 질서와 신의 조화, 수학적 질서와 감성의 조화가 주를 이룬다. 한국 청중은 바흐의 음악을 들으면 "마음이 정화되고, 눈물이 난다"라는 말을 많이 한다. 감정 구조가 복합적이고 깊은 한국인에게 입체적인 감정과 정신적 성찰, 절제된 표현, 조화와 질서로 채워진 바흐의 음악이 더욱 깊게 다가오는 것은 우연이 아니다.

인간 본성에 관한 통찰 〈커피 칸타타〉

바흐가 경이로운 것은 심오하고 영적인 숭고함과는 전혀 다른, 일상을 다룬 경쾌한 곡들도 동시에 작곡했다는 점이다. 대표적인 작품이 〈커피 칸타타〉인데 재치 있고, 현대적 감성이 물씬 풍기는 음악이다(칸타타는 작은 오페라 같은 세속적 음악극이다).

이 칸타타의 주제는 커피 중독인 딸과 커피를 못 마시게 하려는 아버지와의 유쾌한 갈등이다. 제목은 'Schweigt stille, plaudert nicht(조용히 하라, 수다 떨지 말고)'이다. 커피를 끊지 않으면 시집 보내겠다는 아버지의 협박에 딸은 남편을 구하게 된다면 커피 마시는 걸 허락하는 남자를 만나겠다고 고집부리며 해피엔딩으로 막을 내리는 이야기다. 300년 전에 커피는 막 유럽에서 시작한 음료였고, 바흐는 그 시대 흐름을 '칸타타'라는 고귀한 형식에 담았다. 마치 "이건 단순한 유행이 아니야. 커피는 진짜 문화야"라고 말하는 것처럼. 그리고 지금은 전 세계 사람들이 아침마다 스타벅스나 집에서, 혹은 사무실에서 커피를 마시며 하루를 시작한다.

요즘도 커피를 끊으라고 잔소리하는 부모와 커피 없이는 못 사는 자녀와의 전쟁이 어디에선가 여전히 일어나고 있을지 모른다. 그렇다면 18세기에 바흐는 미래 문명의 한 장면을 음악으로 미리 스케치라도 해둔 것일까. 일상의 작은 집착을 이토록 유쾌하게 풀어낸 바흐의 음악이 미래를 여는 하나의 키워드로 다가오는 것은 그가 (거룩함과 일상이 교차하는 단막극 〈커피 칸타타〉처럼) 영적 감각과 일상을 넘나드는 유일한 작곡가이기 때문이다. 미래 사회의 지향점을 예상하게 하는 것은 인간 본성에 대한 통찰로 다져진 균형감이다. 질서와 자유가 균형감으로 공존하는 바흐의 음악은 기술 이상의 것이고 더 나아가 그것은 사유의 방식이 될 수도 있다.

통제된 열정과 해방된 감정의 균형, 바흐와 재즈

바흐의 음악과 재즈는 모두 앰비밸런스ambivalence(전혀 다른 심리 상태가 마음속에 병존하는 것)를 갖고 있다는 점에서 미래를 향한 열린 가능성으로 바라볼 수 있다. 바흐 음악은 구조 속의 따뜻함, 이성적 아름다움과 감성이 균형을 이루고 있으며, 푸가의 대위법은 질서와 규칙으로 구성된 이성의 상징이나 그 안에는 놀라운 감정의 여백과 내면의 따뜻함이 있다.

즉흥적으로 펼쳐지는 재즈 연주는 그냥 혼란이 아니라 감정 안에 내재된 리듬과 질서를 필요로 한다. 바흐 음악이 '완벽한 구조 속의 감정'이라면 재즈는 '감정 속에 녹아든 질서'다. 통제된 열정과 해방된 감정, 그것은 곧 투명하고 유동적인 아름다운 균형을 이룬다.

바흐의 다성음악은 여러 목소리가 말하고, 서로를 듣고, 조율한다. 이는 미래 사회가 지향하는 이상적인 소통 구조다. 재즈는 예측할 수 있는 감정이 아니라 지금 여기에 반응하며 만들어지며, 소비가 아닌 교감을 통해 감각적 즉흥의 현재성으로 이끈다. 바흐의 음악은 즉각적인 감상을 사유로 이끌며 듣는 이에게 생각할 공간을 준다. 재즈는 어떻게 반응할 것인가가 감정 조율의 기본이 되므로 리듬과 간격 반응의 타이밍이 중요하다. 완벽한 소통에서 정확한 타이밍을 맞출 수 있다.

이렇게 바흐의 음악과 재즈는 서로 유사한 소통 구조를 가졌다. 재즈로 재해석된 바흐 음악이 우리에게 여전히 새로운 즐거움을 안겨주고 있는 이유이기도 하다.

감정기술(Emotional-Tech)의 시대다. 미래로 갈수록 내면의 균형과 감정의 탄력성이 중요한 세상이 될 것이다. 자동화된 일상에서는 오히려 인간 고유의 능력, 감정의 조율, 공감, 직관이 더욱 필요하다. 자기애와 자기 소진이 혼재된 시대에는 내 안의 에너지를 '균형' 있게 다룰 줄 아는 사람만이 진정한 리더의 자격을 갖출 수 있다. 지금 우리에게 필요한 건 깊이 있는 연결을 가능하게 하는 감각적 내공 '앰비밸런스'다.

'단짠 단짠' '겉바 속촉'의 앰비밸런스

바흐는 재즈뿐만 아니라 메탈, 힙합, 일렉트로닉 등 많은 장르에 영향을 주었다. 장르의 경계가 더욱 모호해지는 세상에서 바흐의 음악은 새로운 음악적 융합의 출발점이 될 것이다.

때로 혼란스럽고 복잡한 감정을 잡아주는 바흐 음악은 에너지를 정화함으로써 자유 속의 질서를 찾게 해준다. 재즈의 고요한 발라드는 바흐 음악의 영성과 유사한 결을 지니고 있다. 바흐 음악의 원리인 수학적 질서와 영성의 울림은 모든 음이 논리적으로 짜여 있으면서도 그 안에 말로 설명할 수 없는 감성의 잔물결이 재즈에서처럼 일고 있는 것이다.

서로 다른 두 가지의 완벽한 조합, 그래서 만들어진 유행어가 '단짠 단짠' '겉바 속촉'이다. 이것이야말로 일상에 숨겨져 있던 '앰비밸런스'다. 앰비밸런스의 제왕인 바흐는 18세기에 이미 '단짠 단짠' '겉바 속촉'의 원리와 가치를 탐구했다. 그리하여 질서

(구조)와 감정(선율)의 균형에서 인간의 본질을 가장 정교하게 표현한 음악을 만들어낸 것이다. 한국인이 바흐 음악에 더 깊이 감동하는 것 또한 우리가 모두 '단짠 단짠' '겉바 속촉'의 앰비밸런스 DNA를 가지고 있기 때문이 아닐까.

의식과 무의식을 모두 품고 흔들리지 않는 내면의 온도를 유지하는 앰비밸런스의 원형, 바흐의 음악이 미래의 문화현상으로 적용될 수 있다고 믿는 것은 결코 지나친 상상이 아니다. 바흐! 그는 과거에서 온 미래다.

'퐁당'과 '첨벙' 사이

재즈가 아닌데도 마치 즉흥곡을 듣는 듯한 느낌이 드는 시와 그림이 있다. 좀 전에 일어난 상황에 대한 무한한 상상이 긴 여운을 남기는 그런 작품들 말이다. 예를 들면 바쇼의 유명한 하이쿠 중 하나인 〈개구리〉.

오래된 연못
개구리 뛰어드는
물소리 퐁당

단 세 줄의 시를 읽고 퐁당! 물소리가 들리는 이유는 뭘까. 아무도 찾지 않는 연못이 너무 슬퍼 개구리가 뛰어든 것인가. 그렇다면 그곳은 과연 연못이었을까. 간결한 시어에서 이처럼 상상이 일어나는 것은 빛나는 여백이 있기 때문이다. 이것은 마일즈 데이비즈가 말한 '음표 사이의 침묵'이 다양한 해석으로 기능하게 하는 것과 같다. 하이쿠에서 '17자의 음절'로 독창적이고 심오한 세계를 표현하는 것이 요구되는 것처럼, 블루스는 12마디의 패턴 안에서 솔로 연주를 얼마나 자유롭게 펼쳐나갈 수 있는지가 핵심이다. 하이쿠와 블루스 모두 짧고 단순한 형식에서 피어나는 무한한 변주의 속성을 지니고 있다. 그것은 형식 안에서의 무한 자유.

에도 시대의 방랑 시인 마츠오 바쇼는 본명이 '후네무사'였으나 '바람에 잘 꺾이는 파초'의 의미를 지닌 '바쇼'라는 호로 바꾼 이후 바쇼로 알려지게 되었다. 하이쿠는 5-7-5 음절의 3행으로 구성되는 짧은 시인데 반드시 계절에 관한 말이 들어가야 하며 음절에 맞게 끊어 읽을 수 있어야 한다. 이 하이쿠는 단순하고 명료한 바쇼의 삶과 세계를 거울처럼 비춰준다. 그가 '하이쿠의 성인'으로 불리는 것은 이전의 하이쿠에서 다뤄지던 언어유희가 아닌 삶의 본질, 자연에 대한 사상, 삶의 무상함을 노래했기 때문이다. 바쇼는 하이쿠 시인으로 명예를 얻고 성공을 거두었으나 모든 걸 내려놓고 은둔과 방랑으로 수행자의 삶을 실천해 나갔다. 그 후 방랑 시인으로 살아간 바쇼는 '들판에 해골이 되리라'던 자신의 하이쿠처럼 길 위에서 죽음을 맞는다. 오지를 찾아 수천 킬로미터를 도보 여행하며 삶과 자연을 노래한 시인은 영원히 빛을 잃지 않는 하이쿠가 되었다. 그는 '제대로 표현하기 위해서는 최소한으로 표현해야 한다'는 언어(예술)의 우주적 법칙을 일찍이 터득했다. 그것이 바쇼의 하이쿠에서 봄이라는 계절이 들리는 이유다. 조금 전처럼 퐁당!

한순간의 첨벙

〈더 큰 첨벙A Bigger Splash〉. 영국 팝아트의 거장으로 불리는 데이비드 호크니David Hockney의 작품 제목이다. 그림이 너무나 인상적이어서 어디선가 한 번쯤은 본 기억이 있을 것이다. 수영장의 빈 다이빙대 위에는 물이 튀어 물보라가 일어난 흔적이 그려져 있다.

제목을 읽고 그림을 보면 조금 전 누군가 물속으로 다이빙했다는 것을 알 수 있다. 공중에 물보라가 그려져 있을 뿐인데 금방이라도 내게 튈 것 같은 기세다. 다이빙을 한 사람은 누구였을까. 물에서 나왔을까. 물거품이 공중에 치솟았는데 물이 깊은 걸까? 공중에 흩어진 물보라는 보는 이를 끝없는 상상의 세계로 인도한다. 캘리포니아의 전형적인 저택, 빈 의자, 아무도 없는 수영장, 구름 한 점 없는 파란 하늘, 야자수 두 그루가 배경인 그저 한 장의 그림일 뿐인데 묘한 긴장감이 감돈다. 아무래도 이것은 단순한 그림이 아니다. 영화의 한 장면이거나 조금 전 셔터를 누른 사진일 것이다. 내가 서 있는 곳이 그림 앞이 아니라 수영장인 듯한 착각마저 든다. 이처럼 호크니의 작품들은 보는 이에게 말을 걸어오는 느낌을 준다. 밝고 대담한 색채는 그의 일상과 주변 사람들을 등장시킴으로써 더욱 생생하게 다가온다. "회화는 단지 순간을 기록하는 것이 아니라, 시간과 감정을 함께 담아야 한다"는 그의 말은 모든 작품에 그대로 전해진다.

〈더 큰 첨벙〉(1967)이 있기 전에 〈작은 첨벙A Little Splash〉(1966), 그보다 커진 〈첨벙The Splash〉(1966)이 있었다. 1년 후 호크니는 드디어 〈더 큰 첨벙〉을 완성한다. 작업의 시기에 따라 물보라가 커지는데 이는 호크니의 작업 과정을 공간이 아닌 시간으로 체험하게 한다.

호크니의 이 〈더 큰 첨벙〉은 여전히 세계적으로 사랑받는 작품이다. 단순한 구도, 대담한 색상, 유머가 가득한 많은 작품은 50년이 지나도 여전히 새롭다.

팝 아티스트들의 출현

영국의 팝아트는 런던의 예술 문화 운동인 '스윙잉 런던 Swinging London'에서 시작되었다. 1960년대 런던은 모든 것이 급변하는 전환기의 시기로 에너지 넘치며 도전과 모험정신으로 뭉친 젊은 예술가들의 실험장이었다. 전후 세대는 보수적이고 전통적인 가치에 반기를 들었다. 그들은 모험과 창의성, 개방성으로 새로운 기법, 과감한 스타일을 추구했다. 런던의 화가들은 팝

아트로 전개될 새로운 재료와 기법, 일상적인 주제, 그리고 대담한 색상을 사용했는데 이러한 도전 정신을 기반으로 '스윙잉 런던'을 정의하고 이끌어간 대표적인 주자가 바로 리처드 해밀턴과 데이비드 호크니다.

패션에서는 미니스커트가 처음으로 세상에 선을 보이고, '비틀즈'와 '롤링 스톤즈'의 음악에 사람들은 열광했다. 소호, 첼시, 노팅힐은 예술 창작자들의 신전이 되었다. 예술의 감각이 대중문화에 흡수된 런던의 디자인, 패션, 음악은 세계적인 트렌드로 자리 잡기 시작했다. 젊은 작가들의 끊임없는 저항과 도전 정신으로 거대한 흐름이 된 '스윙잉 런던'이 마침내 런던을 '세계에서 가장 흥미로운 도시'(1966《타임》)로 만들어준 것이다.

이 시기의 패션, 영화, 음악, 예술은 지금도 대중 예술 문화에 영향을 미치고 있다. 언제나 새롭고 힙한 감각, 이것이 팝아트의 힘이다. 호크니는 일러스트, 패션, 드로잉, 무대 디자인, 사진, 판화에서 영화까지 그야말로 장르를 종횡무진 오가는 멀티 아티스트다. 그의 작품 〈예술가의 초상〉은 2018년 생존 작가 중 최고의 경매가로 팔렸다고 한다.

대중문화의 예술적 문화운동은 1960년을 전후로 '스윙잉 런던'뿐만 아니라 파리의 '누벨바그Nouvelle Vague', 브라질의 '보사노바Bossa Nova'로 퍼져 나갔다. 이는 전통과 현대의 다양한 예술 문화를 포용하고 재구성하는 새로운 물결이 되었다. 런던에서는 팝 음악과 패션과 디자인이 세계적인 영향을 미치며 일상의 리듬을 바꾸어놓았다. 프랑스 영화 혁명을 일으킨 '누벨바그'는 기존의 형식을 거부한 영상 언어(즉흥적이고, 파편적인 기법, 스토리의 해체)로 젊은이들의 불안과 자유를 표현했다. 리우에서 출발해 세계로 확산한 브라질의 '보사노바'는 삼바 리듬에 재즈의 화성이 더해진 세련된 감각으로 일상의 시적 순간들을 담아내었다.

이처럼 서로 다른 문화의 토양에서 전후 세대의 창작자들이 추구한 것은 자유정신과 다양성의 미학이었다. 독특한 시각, 유머와 심오함, 즉흥성, 세련되고 절제된 감각, 리듬의 재해석, 새로운 사유는 대중문화와 예술의 경계를 허무는 데 그치지 않았다. 작품과 감상자와의 '공감'과 '소통'은 작품을 감상하는 데 있어 가장 중요한 가치가 되었다.

데이비드 호크니의 〈더 큰 첨벙〉이 여전히 놀라운 것은 그림에 표현된 '정지된 순간의 역동성'이다. 허공에 그려진 물보라는 물속으로 뛰어든 누군가의 흔적이다. 지금 여기에는 없으나 조금 전까지 존재했던 누군가를 계속 상상하게 되는 것이다. 호크니는 물의 유동성을 끊임없이 관찰하며 일주일 동안 '튀는 물'을 그렸다고 한다. 허공의 물보라는 단순한 흔적이 아닌 '부재의 미학'인 것이다. 그림으로 표현된 하이쿠의 '여백의 미'.

콜라주와 조립 기법, 판화, 디지털 페인팅에 이르기까지 다양한 매체를 통해 상상력의 선율을 선사하는 호크니는 분명 캔버스 위의 즉흥 연주자다. 그가 보여주는 솔로는 화려하지만 쉽고 세련된 느낌을 준다. 단순하면서도 심오한 철학이 담긴 그의 말을 떠올릴 때면 언제나 마음이 숙연해진다.

"나는 그림을 그린 지 60년이 되었다. 나는 여전히 그림을 그린다. 그렇다. 나는 아직도 이 일을 무척 즐기고 있다."

바쇼의 〈퐁당〉과 호크니의 〈첨벙〉 사이엔 아무런 연관성이 없다. 17세기 동양의 방랑 시인과 20세기 서양의 팝 아티스트라는 구별 외엔. 그러나 그들은 언제나 '부재의 미'와 '여백의 미'에 집중했다. 일상의 작은 소재도 화두가 되었다. 그들은 단순함에서 비롯되는 심오함의 세계를 다룰 줄 알았다. 무엇보다 한두 음절, 정지된 순간 안에 '삶의 본질'이 담겨 있다는 것을. 그러고 보니 〈퐁당〉과 〈첨벙〉 사이엔 아무것도 없는 게 아니다.

바로 이것, 부재不在!

느리고, 여리게,
조금 더 낮게

〈온화함은 영혼을 맑게 한다〉 클래어 켄식의 작품(2018) 제목이다. 상처를 딛고 하늘을 향해 한껏 자란 나무들은 금방이라도 우리를 향해 가지를 내어주며 부드러움과 따뜻함이 영혼을 맑게 해준다고 속삭일 것만 같다. 전나무의 가지는 눈이 내려 얼어붙어도 놀라지 않는다. 묵묵히 기다릴 뿐이다. 눈이 녹으면 새싹을 틔울 것을 알기에 서두르지 않는다.

겸손(humility)이라는 단어가 땅을 뜻하는 라틴어(humilitas)임을 떠올린다면, 비와 바람을 거스른 적 없는 이들 나무야말로 겸손한 삶을 살아가는 존재다. 나무들은 늘 서로에게 귀 기울인다. 작은 벌레가 움직이는 소리, 새들의 날갯짓 하나에도 주의를 흩트리는 법이 없다. 캘리포니아의 브리슬콘 소나무는 4800년이 넘었다고 하는데, 대체 나무가 아닌 살아 있는 역사로 존재하는 힘의 근원은 무엇일까.

서로에게 귀 기울이는 법 잊지 않은 숲속의 나무들

생태학 교수인 수잔 시마드Suzanne Simard의《어머니 나무를 찾아서》에 따르면, 오래된 숲에는 어머니 나무가 있어서 마치 어머니가 아이를 양육하듯이 어린나무들을 돌본다고 한다. 지하 네트워크(나무와 숲을 연결하는 우드 와이드 웹)를 이용해 자양분을 공급하는 것이다.

인간처럼 나무들도 정보를 주고받는데 신경 연결망과 균근 연결망은 둘 다 시냅스 너머로 정보분자를 전달하며 이 과정에서 서로 연결되려는 끊임없는 움직임이 일어난다고 한다. 저자는 "이 책은 어떻게 하면 인간이 나무를 살릴 수 있는가에 대한 책이 아니라, 나무가 어떻게 인간을 구원할 수 있는가에 대한 책이다"라고 말한다.

그렇다. 나무들은 서로에게 귀 기울이는 법을 잊지 않았다. 서로에게 연결되고 진화하기 위해서. '재능이란 그저 기나긴 인내심일 뿐이다'라는 귀스타브 플로베르의 말은 5000년 가까이 살아낸 소나무에게 헌정해야 한다. 아니 그 주변의 모든 나무에게.

몇 년 전 프랑스인 친구가 한국에 와서 물어본 적이 있다. 왜 한국은 화면 아래 자막이 나오느냐고. 그것도 영어가 아닌 한국어로. 무심결에 "잘 들리지 않아서 그런 게 아닐까"라고 대답했는데 말하고 나니 순간 당황스러웠다. 한국 사람이 한국어가 잘 들리지 않는다고 하니 얼마나 황당한가. 그 이후 화면의 자막, 더 정확히는 자막이 아닌 '듣는다'의 의미가 하나의 화두처럼 다가왔다.

피아니시모로 시작하는 소통의 첫 단계

생각해보니 수업 시간에 학생들에게 제일 많이 하는 말이 "천천히 정확하게"였다. 말이든 가사든 불분명하게 발음하는 경우가 많기 때문이다. 그리고 예전보다 확실히 학생들의 말소리가 커졌다. 청력이 약해졌다는 증거다. 노래를 작게 불러 보라고 하면 거의 소리가 나오지 않는다.

그래서 시작한 방법이 피아니시모(약하게)로 노래하기다. 학생들이 피아니시모로 노래를 부를 수 있을 즈음이 되면(대개 1년에서 2년) 대부분 호흡이 깊어진다. 더욱 놀라운 것은 말소리도 안정된 톤으로 조율된다는 점이다.

24시간도 모자라는 페스트의 삶은 '둥둥'의 삶이다. 하는 둥 마는 둥, 보는 둥 마는 둥, 듣는 둥 마는 둥, 먹는 둥 마는 둥, 그중에서도 으뜸은 듣는 둥 마는 둥이다. 귀를 기울이지 않으니 들리지 않는 것이지만, 실은 자잘한 이유를 핑계 삼아 안 듣는 것이다. 온몸과 마음을 기울여 듣는 것은 첫사랑의 고백을 듣는 순간만큼이나 귀해졌다. 바쁜 일상에 지친 스트레스는 '듣는 에너지'

142

마저 소진시켰다. 듣는 둥 마는 둥의 습관은 듣기를 통해 타인과 연결되고 세상을 이해할 수 있으며 듣는 것이 소통의 첫걸음임을 자주 잊게 한다.

철학자 에마뉘엘 레비나스는 재즈를 청취하는 사람에 대해 "좋은 재즈 청취자는 단순히 음악을 소비하는 것이 아니라 연주자들의 즉흥적 관계에서 발생하는 윤리적 순간을 목격하는 존재이며, 재즈는 단순한 예술이 아니라 타자와의 관계를 실천하는 윤리적 행위다. 연주자와 청중의 관계 또한 윤리적 듣기의 과정이 될 수 있다"고 말한다.

재즈는 아무런 선입견 없이 편안한 마음으로 그냥 듣는 것, 그러나 그 순간을 오롯이 듣는 것이 중요하다. 즉흥연주를 통해 실존적 자유를 찾아가는 여정에 기꺼이 동참하겠다는 마음만 있으면 된다. 이것이 레비나스가 말한 타자와의 관계를 실천하는 '진정한 듣기, 공감적 경청'이다.

말이 빠른 것은 마음이 급하기 때문이다. 말이 빠르니 발음이 불분명해지고, 상대방이 못 알아들으니 말소리가 커진다. 말소리가 커지면 신경도 예민해진다. 편안하지 않은 상태가 되면 대화의 포인트를 놓친다.

느린 것은 지루함이 아니라 고요한 것

피아니시모(약하게) 다음 단계는 '느리게'다. 평소 템포보다 두

배 느리게 말하고 부르는 것이다. 특히 성격이 급한 학생들이 가장 어려워한다. 말의 템포를 늦추는 데 곤혹스러워하는 표정을 보이는 학생도 있다. 한 번도 천천히 또박또박 말해본 적이 없으니 쉬운 일은 아니다.

말수를 줄이고 템포를 늦추는 것은 마음과의 작용이기도 하므로 여간한 인내심이 아니면 개선되지 않는다. 천천히 말하는 습관은 단지 말하기의 영역이 아니다. 그것은 일종의 '나 자신과의 거리두기'다. 내가 무엇을 말하려고 하는지. 무엇을 말해야만 하는지에 대한.

느린 것은 고요하다. 고요한 것은 스스로의 신뢰로 가득 차 있기 때문에 쉽게 들뜨지 않는다. 말의 템포를 늦추는 것은 고요해지고자 하는 의지가 있을 때 가능하다. 그리고 말이 차분하고 안정된 속도로 유지될 때 자신감도 회복된다. 느린 것은 지루함이나 심심함이 아니다. 발터 벤야민은 우리에게 '심심함'을 경이로운 세계로 인도한다.

"심심함은 최고의 색감과 광채를 띤 비단 안감을 덧댄 따스한 회색 천이다. 우리는 꿈꿀 때 그 천을 두른다."

스트레스가 많은 사회는 저음보다는 고음을 선호하는 경향이 있다고 한다. 천장을 뚫고 나갈 듯한 고음에서 눌려 있던 분노가 같이 해소되는 듯한 기분이 느껴지기 때문이다. 특히 한국에서는 가창력 있는 가수 하면 고음을 잘 내는 가수라고 생각하는 사람들도 많다. 저음을 잘 내는 가수를 보며 가창력 있다고 하는 경우는 흔치 않다. 학생들도 마찬가지다. 저음을 잘 내고 싶다고 얘기하는 학생은 거의 없다.

저음은 공기를 통해 물리적으로 전달되기 때문에 저음이 주는 진동은 우리의 감각을 더욱 직접적으로 전달한다. 저음은 단순한 소리가 아니라 깊고 넓게 퍼지는 성질을 가지고 있어 음악의 세계를 떠받치는 토대와 같은 역할을 한다. 지속되는 고음은 긴장감을 유발하지만, 지속적인 저음은 오히려 공간을 열어준다. 범종의 종소리가 마음을 울리는 것은 저음이 우리의 내면과 공명하기 때문이다. 작은 소리의 저음은 침묵과의 경계를 오간다. 호흡을 내릴수록 저음도 좋아지는데 호흡만 내려서 저음이 깊어지는 것은 아니다. 내면의 의식을 비워냄으로써 몸을 하나의 울림통으로 만들어야 한다. 그러니 저음은 소리의 세계가 아니라 존재의 근거이기도 하다. 저음에 이끌리는 것은 그것이 가장 낮은 근본적인 차원을 가진 울림을 내기 때문이다.

레너드 코헨은 빌보드 차트에서 찾아볼 수 없지만 그가 부른 〈I'm your man〉은 수많은 가수에 의해 리바이벌되었고. 그의 독특한 저음은 누구나 한 번쯤은 들어봤을 만큼 친근하다.

그의 음악이 대중의 인기를 오랫동안 받은 이유는 매력적인 저음과 함께 시적이고 철학적인 노랫말 때문이다. 그는 가수가 되기 이전 이미 시인으로 유명했던 문학가다. 그가 몰두한 것은 명상과 시쓰기였다. 그의 노래에서는 침묵, 통찰, 사색이 깊이 스며든 목소리가 느껴진다. 그는 한껏 느리고, 여리게 그리고 더욱 낮게 자신의 목소리를 만들어 나갔다. 그리고 이것은 많은 사람들의 마음을 비추는 소리의 빛이 되었다.

'모든 것에는 부서진 틈이 있다. 바로 그 틈새로 빛이 들어오는 것이다.'

달항아리에 담긴 공감과 조화와 소통

한국인의 정서는 달항아리처럼 곡선이다. 직선은 내달리며 부러진다. 반면 곡선은 느리고 부드럽다. 휘어져도 부러지지 않는다. 지금 세계 미술시장을 휩쓸고 있는 달항아리는 무려 65억에 경매되었다고 한다. 무늬도 색도 없이 그저 둥글고 부드러운

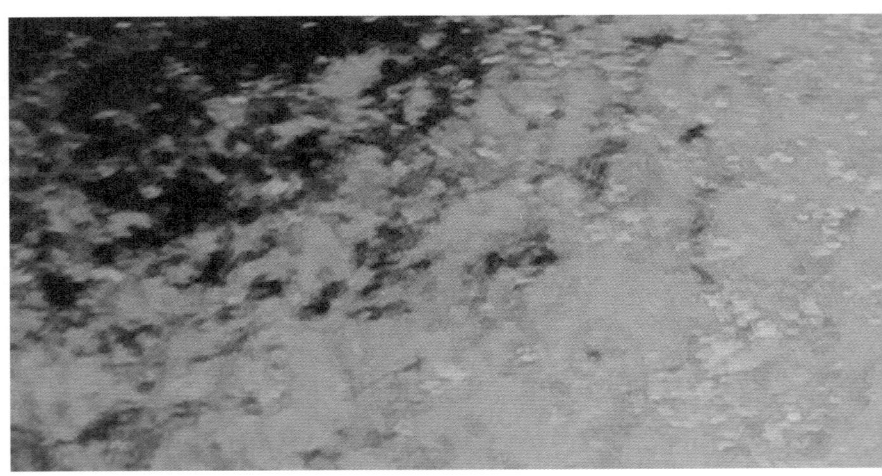

하얀 달항아리가 모든 것을 비워낸 부드러운 곡선의 실루엣으로
마침내 전 세계를 감동시킨 것이다.

달항아리는 두 개의 그릇을 만들어 위아래로 맞붙임으로써
공감과 조화와 소통의 의미를 담아낸다고 한다. 재즈가 연주자
에 따라 개성이 다르듯, 달항아리는 완성되는 과정에서 자연스
럽게 형태를 바꾼다. 흰색처럼 보이나 유약이나 손으로 빚은 흔
적들이 있어 균일하지 않은 불안한 흰색이다. 불완전함이 재즈
의 한 요소인 것처럼 말이다.

달항아리는 느린 템포로 한 음, 한 음, 공간의 비움의 미학을
보이는 마일즈 데이비스의 〈Blue In Green〉을 떠올리게 한다. 이
것이 자연스럽게 연상되는 것은 서로 다른 이 두 세계가 내적으
로는 느림과 여백, 잔향, 불완전함으로 긴밀히 연결되어 있기 때
문이 아닐까.

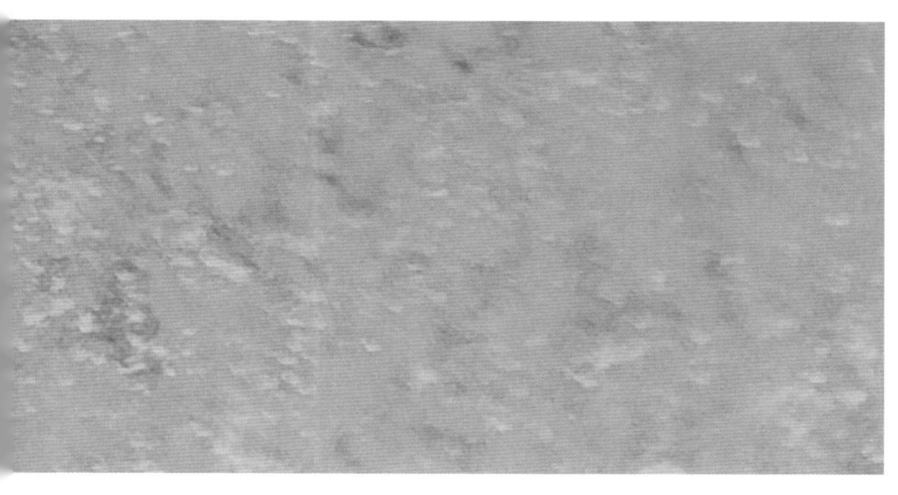

둥글게~ 둥글게~
즉흥의 만다라

언어 이전에 춤이 있었다. 고고학에 따르면 언어를 사용하기 전 인간은 신체 언어 '몸짓'을 통해 의사를 소통했다고 한다. 공동체의 관계는 언어가 아닌 춤으로 시작되었으며 리듬감 있는 몸의 움직임은 의식을 치르기 위한 춤, 사냥을 하기 위해 동물의 움직임을 모방한 춤, 구애를 하기 위한 춤으로 다양하게 표현되었다. 원시 음악은 춤과 분리되지 않고 의식의 도구로 시작되었다.

프랑스의 인류학자이자 사회학자인 마르셀 모스는 인간의 초기 문화는 춤-의식-공동체가 결합된 형태로 발달했다고 주장한다. 미국의 음악학자 쿠르트 작스의 서술처럼 음악, 춤, 연극이 하나의 '몸짓 예술'이었던 것이다.

춤과 음악으로 히틀러에 저항한 '스윙 유겐트'

원시 사회에서 춤은 개인의 자유를 표현하는 핵심적인 언어였다. 시대가 변하면서 눈부신 언어의 세계를 구축했음에도 불구하고, 때로 사람들은 개인의 자유를 위해, 그리고 시대에 저항하기 위해 '언어' 대신 '춤과 음악'을 선택했다. 그 대표적인 예가 바로 '스윙 댄스'다. 1920년에서 30년대까지 '스윙 재즈'가 유행하면서 스윙 댄스가 발전했는데 이는 흑인 차별이라는 사회적 억압 속에서 흑인들이 자유를 분출한 공간(할렘의 아폴로 극장 등)을 찾기 위해 춘 춤이었다. 리듬의 해방과 즉흥성, 상호작용을 바탕으로 한 이들의 춤인 린디 합Lindy Hop, 찰스턴Charleston, 발보아Balboa는 모두 억압적인 사회에 대한 무언의 저항이었다.

1930년대 초까지 베를린에서는 재즈가 대중에게 널리 알려졌으나 나치당이 들어서면서부터 '퇴폐적인 음악'이라는 구실을 붙여 공식적으로 금지했다. 이들의 정책에 따르지 않는 재즈 뮤지션들은 죽음을 각오하지 않으면 안 되었다.

그러나 스윙 댄스에 심취한 독일의 중산층 청소년들은 서로를 스윙 유겐트Swing-Jugend(스윙을 좋아하는 젊은이들)라고 부르며 낮에는 나치에 소속되어 있지만 밤이 되면 은밀히 클럽에 모여 LP판을 틀고 스윙 댄스를 추었다. 남학생들은 영국식 정장, 롱헤어에 중절모 등을, 여학생들은 짧은 치마에 웨이브 머리, 진한 립스틱을 발랐다. 모두 금지된 스타일이었으나 1년간 대대적인 검

거가 시행된 1941년 전까지 이들은 그들만의 스타일을 고수하며 스윙 댄스를 멈추지 않았다. 나치당은 스윙 유겐트를 '완전히 근절해야 할 악'으로 지목하고, 이들을 강제수용소로 보내거나 강제노동을 시켰다. "스윙을 춰라, 행진하지 마라" "우리는 살 수 있는 한 살아가고 싶다. 그것도 음악과 함께 자유롭게" "지금 이 리듬을 즐기는 나는 히틀러의 미래에 속하지 않는다" 등의 수많은 외침은 춤이라는 자유를 박탈당한 그들의 슬로건이자 선언이었다. 스윙 유겐트는 토드 필드 감독의 〈스윙 키즈〉(1993)라는 영화로 제작되어 세계적으로 큰 반향을 일으켰다.

격렬한 스텝이 퍼트린 세계적 유대감

이렇게 스윙 댄스가 독일 청소년들의 가슴에 불을 지핀 '저항의 아이콘'이 된 것은 그들의 춤이 보다 더 근원적인 인간의 삶, 몸의 고통, 공동체의 연대와 감정의 진동을 품고 있기 때문이다. 나치 이념에 춤으로 저항한 유겐트의 격렬한 스텝은 노예제, 강제 이주, 분리 정책이라는 극한의 상황에서도 정체성을 지킨 흑인들의 춤(Field-Holler, 노동가, 블루스, 재즈, 스윙)에 기인함으로써 국경과 인종, 이념을 초월한 일종의 세계적 유대감으로 서서히 퍼져나가기 시작한 것이다.

루이 암스트롱은 "춤이 없다면 재즈는 몸을 잃는다"고 했다. 즉흥연주를 하면서 연주자들이 실은 연주가 끝날 때까지 각자의 스타일로 미세한 춤을 추고 있다는 말이다. 스윙 댄스에 대해 "스윙은 마음이 웃는 소리다. 춤은 그 웃음을 번역하는 일이다"라고 한 듀크 엘링턴Duke Ellington의 놀라운 표현은 전쟁과 함께 전파된 스윙 댄스가 나치 체제에서는 단순한 춤이 아닌 '턴turn과 스텝으로 번역된 자유의 몸짓'이었음을 상기시켜준다. 또 데이비드 르페브르는 말했다. "춤은 공동체의 심장박동이다."

제2차 세계대전 중 중립국이었던 스웨덴에서조차 스윙 댄스는 '전시 분위기에 맞지 않는 외래 향락문화'라는 이유로 엄격히 규제되었다. 그러나 이곳에서도 '언더그라운드' 모임은 계속되었다. 이외에 러시아(1930-1950), 일본(1930-40), 중국(1966-1976) 등 세계 여러 나라에서도 '정신을 해치는 부르주아 문화'로 간주돼 재즈와 스윙 댄스를 금지하고 이에 대한 검열을 강화했다. 이렇게 전쟁을 전후로 아시아를 비롯한 유럽에서는 시기를 달리하며 '재즈 자체'를 금지했다. 미국에서 있었던 흑인 재즈 뮤지션에 대한 차별과는 차원이 다른 박해였다.

춤으로 몸을 해방한 50년대 한국 사회

1950년대 본격적으로 서구문화가 유입되면서 한국 사회에 열풍을 일으킨 것 또한 스윙 댄스였다. 자신의 존재감을 춤으로 드러낸 여성의 서사를 다룬 정비석의 소설 《자유부인》에서는 '스윙 댄스'를 직접 묘사한 장면이 있는데 이는 문화사적으로 귀

중한 자료라고 한다. 소설《자유부인》은 4만 부가 팔려나갈 만큼 인기 있었으나 교수 부인의 일탈을 다룬 내용으로 비판을 받았다. 비판에 그친 것이 아니라 테러 협박까지 당했으며 금서가 되기도 했다. 전후 무차별로 들어온 미국 문화에 대한 반감도 있었지만, 문제는 문학을 예술로 받아들이지 못한 왜곡된 시선이었다. 소설《자유부인》속에 묘사된 교수 부인의 일탈이란 오선영이 동창회에 나갔다가 사교춤을 알게 되고, 춤에 빠져 연인(남편의 제자)과 춤을 추러 다닌 것이 전부였다. 게다가 위기일발의 순간에 주인공이 잘못을 뉘우치고 가정으로 돌아간다는 내용이다. 중요한 것은 '자유부인' 오선영은 자신의 '몸'이 춤을 통해 처음으로 '자기 목소리'를 낸 것을 알았다는 것이다. 그녀가 빠져든 것은 연인이 아니라 몸의 해방을 가져온 춤, 춤이었다.

문자와 언어, 음악이 독립된 개념을 갖기 전까지 춤은 사냥이나 전쟁할 때, 노동할 때, 그리고 축복과 애도를 표할 때 그 모든 삶의 감정을 아우르는 '생의 흔적'(이사도라 덩컨)이었다. 자유를 꿈꾸는 세계 젊은이들이 스윙 댄스에 열광한 것은 그것이 유흥으로써의 춤이 아닌 몸과 마음의 즉흥적 소통으로 자기를 드러내고 실패를 두려워하지 않으며 즐길 줄 아는 '정신적 해방'이 되었기 때문이다.

스윙 댄스는 기본 스텝은 있으나 리드와 팔로우는 순간의 감각으로 반응하며 상대의 움직임을 예측하고 수용하는(마치 즉흥

연주를 하듯) 능력이 있어야 한다. 여기서 가장 중요한 것은 '심리적 개방성'이다. '판단받지 않기 위해 움츠러든 몸'을 활짝 펴야 한다는 말이다.

춤을 출 때 가장 많이 사용되는 턴turn은 매번 제자리로 돌아오면서도 같은 자리에 머물지 않는다. 그것이 원과 즉흥이 만나는 지점이다. 턴을 잘하려면 자신의 중심을 놓치지 말아야 한다. 턴은 리드와 팔로우의 회전 언어로서 상호보완하며 관계가 순환된다. 리드가 팔로우에게 턴을 제안할 뿐이며, 제안을 받아들인 팔로우는 자기만의 궤도로 원을 그리며 회전한다. 스윙 댄스는 파트너 간의 회전과 돌고 도는 동작을 통해 에너지를 원으로 풀어낸다. 그 안에는 리드와 팔로우 간의 신뢰와 소통, 즉흥성, 유대감이 함께 숨 쉬고 있다.

가장 완전하며 가장 근원적인 상징, 원

동양, 아프리카, 고대 라틴 아메리카 문화에서는 시간이 원형(Circular)이라고 생각한다. 이 원형적 시간 감각은 민속춤에 나타나는 반복적 회귀와도 맞닿아 있다. '세마sema'는 끝없이 빙빙 돌며 무아지경이 된 순간 신과 만나는 터키의 전통춤이다. '라이겐Reigen'은 크게 원을 만든 사람들이 서로 손잡고 파트너를 바꾸어가며 도는 오스트리아의 전통춤이다. 스코틀랜드의 '케일리Ceilidh', 라오스의 전통춤 '람봉'(춤과 원이라는 뜻) 역시 회전 춤 또는 원형 춤이다. 돌고 돌면서 원을 그려나가는 것은 인간이 에너지를 순환시키고 고통을 정화하는 무의식적 의례라고 전해진다.

유네스코에 등재된 우리나라의 대표적인 민속춤인 '강강수월래'도 원형을 이루며 계속 돈다. 여러 가지 기원설이 있는 '강강수월래'는 보름달이 뜰 때 여인들이 손을 맞잡고 둥글게 원을 만들어 회전하면서 추는 민속춤인데 가장 많이 알려진 것은 임진왜란 때 왜군을 속이기 위해 (이순신 장군의 지시로) 남장을 한 여성들이 서로 손을 맞잡고 원무를 추었고 이에 속은 왜군이 물러났다는 이야기다. '강강수월래'는 전쟁 중에는 '방어의 춤'으로, 추석에는 풍년을 기원하는 '의식의 춤'으로, 때로는 여성들이 서로의 고충을 나누며 연대하는 '소통의 춤'으로 공동체의 화합을 보여준다. '강강수월래'의 노래는 반복되는 선율과 구절 위에 상황에 따라 즉석에서 가사를 바꾸거나 이어 붙이는 전통이 있고, 리더가 선창하면 사람들이 '강강수월래' 하고 답가를 부르는데 이는 블루스의 부르고 답하기의 형식인 '콜 앤 리스폰스Call and Response'와 닮았다.

스윙 댄스의 파트너 사이에서 이뤄지는 즉흥 소통이나 재즈의 즉흥연주, 원형으로 돌며 서로의 손을 잡고 공동의 리듬 속에서 움직이는 '강강수월래'는 모두 동시에 함께 만든 틀 안에서 주고받는, 그리고 즉흥성과 변주를 허용하는 관계의 예술이다. 금지된 춤을 통해 자유를 표현한 스윙 댄스, 달빛 아래서 여성들이 주체가 되어 원무를 펼치는 것은 모두 '저항'의 언어이다.

스윙 댄스의 턴, '강강수월래'의 원무, 되풀이되는 상념들, 계절의 순환까지 그 모든 회전은 '즉흥의 만다라'다. 끝없이 도는 것은 본래의 나 자신을 회복하기 위함이다. 날이 서 있던 것들(생각, 마음, 판단)이 부드러워지고 어제를 되돌아보며 내일로 나아가기 위함이다. 재즈 연주를 들으면서 리듬감 있게 몸을 움직여보고 평소에 듣지 않는 장르의 음악도 편견 없이 들어보며 걸을 때는 어깨에 힘을 주지 않고 경쾌하게 걷는 것, 이런 작은 움직임들을 통해 좀 더 열린 마음이 될 때 낯설게 느껴지던 스윙 댄스의 스텝이, 즉흥연주의 선율이 친근하게 다가올 것이다.

지금은 춤을 추어야 할 때다.

재즈는 왜 어려운 음악으로 느껴질까요?

재즈의 즉흥성은 탄탄한 기본기와 연습이 필요하고
긴 솔로 연주 때문에 멜로디가 낯설게 느껴질 수 있습니다.
하지만 배경음악으로 들을 때는 편안하면서도
깊이 파고들면 어려운 것이야말로 재즈의 양면적인 매력입니다.
세계적으로 가장 사랑받는 장르인 만큼
그 '어려움'을 즐기는 것이 진정한 감상의 묘미가 될 것입니다.

4

모든 예술은
재즈를 닮았다

인트로가 사라진 세상

음악에서 가장 중요한 부분은 인트로(도입부)다. 인트로에서 곡의 전체적인 흐름과 색채가 드러난다. 클래식에서 팝, 락, 재즈까지, 모든 장르를 넘어서 대중적으로 사랑받는 곡들은 인트로만 들어도 알 수 있다. 존 레넌의 〈Imagin〉, 레드 제플린의 전설적인 인트로로 시작되는 〈Stairway to heaven〉, 클래식의 서곡으로 비제의 〈카르멘〉, 로시니의 〈세빌리아의 이발사〉, 오펜바흐의 〈지옥의 오르페우스〉, 그리고 허비 행콕의 펑키 재즈 〈Cantaloupe Island〉와 키스 자렛의 〈My Song〉은 재즈곡 중에서도 많이 알려진 곡이다. 인트로를 처음 듣는 순간 느끼는 친숙함, 빠져듦이 있는 음악들이다.

제목을 알고 모르고는 중요하지 않다. 가끔 사람들이 재즈는 잘 모른다고 할 때면 잭 케루악의 소설 속 대사를 떠올린다. "몰라요, 그게 어때서요?" 얼마나 경쾌한가. 이 말에는 열정적인 호기심이 내재되어 있다. 무엇을 안다는 건 '얼핏' 혹은 '조금 더'의 의미 이상이 아니라는 것 또한 간파하고 있는 것이다.

시의 첫 줄은 신이 준다

인트로는 음악에만 국한되지 않는다. 시 한 편을 다 외우고 있는 경우는 흔하지 않지만 대부분 좋아하는 시의 첫 구절은 쉽게 떠올릴 수 있다. '코리안 포에틱'의 재즈 음반곡이기도 한 고전시가 〈공무도하가〉의 첫 구절 '임아, 그 물을 건너지 마오'는 상실과 죽음을 모두 담아냈다. 김춘수의 〈꽃〉의 첫 구절 '내가 그의 이름을 불러주기 전에는 그는 다만 하나의 몸짓에 지나지 않았다', 그리고 릴케의 시 〈가을날〉의 '주여, 때가 되었습니다. 지난여름은 참으로 위대했습니다', 혹은 〈셰익스피어 소네트 18번〉의 '그대를 여름날에 비길 수 있으랴?' 모두 첫 구절로 이미 완성되었다. 시가 쓰이는 도입부에서 시의 생명이 결정되는 것이다. 이것을 설명해주는 시인도 있지 않은가.

'시의 첫 줄은 신이 준다.' (폴 발레리)

소설도 예외는 아니다. D. H. 로렌스가 '바다의 대서사시'라 명명한 소설 《모비딕》의 첫 문장은 '나를 이스마엘이라 부르라'

였다. 투쟁의 항해를 선포하는 이 한 마디. 우리는 허먼 멜빌이 이 첫 문장을 쓰기 위해 바친 절대적 시간의 고요를 상상할 수 없다. 서사시에 가까운 소설《모비딕》은 문학을 넘어선 철학적 담론이 되어 여전히 회자되는 작품이다. 프랑스 혁명을 다룬 찰스 디킨스의 역사소설《두 도시 이야기》의 도입부 '최고의 시절이자 최악의 시절, 지혜의 시대이자 어리석음의 시대였다. 믿음의 세기이자 의심의 세기였으며, 빛의 계절이자 어둠의 계절이었다. 희망의 봄이면서 곧 절망의 겨울이었다'라는 이분법적인 문장의 흐름에서 한 귀족의 삶과 소작인들의 삶, 그 속에서 일어나는 혁명과 사랑이 이미 그려진다.

한국의 모더니즘을 보여준 이상의《날개》의 첫 문장 '박제가 되어버린 천재를 아시오?'는 인정받지 못한 천재의 삶을 한눈에 알아보게 한다. 나쓰메 소세키의《나는 고양이로소이다》는 고양이처럼 발칙한 첫 문장으로 시작한다. '나는 고양이다. 이름은 아직 없다. 어디서 태어났는지 도무지 알 수 없다'고 하니, 고양이의 눈을 빌어 인간의 세계를 어떻게 해학적으로 그릴 것인지 벌써 궁금해지기 시작한다. 니체의 자서전《이 사람을 보라》의 도입부다.

'무화과가 나무에서 떨어진다. 그것은 탐스럽고 달콤하다. 무화과가 떨어지면서 그 붉은 껍질이 찢어진다. 나는 잘 익은 무화과에게 북풍이다.'

나도 모르게 읽고 또 읽고 싶어지는 문장이다.

말문을 여는 시점, 인트로

일반적으로 영화는 첫 대사보다는 포스터로 먼저 선을 보인다. 포스터로 영화의 분위기를 상상하는 것이다. 니체는 "팸플릿은 가능한 한 예술적으로 보여야 한다"고 강조했다. 그뿐만 아니라 그는 글씨체, 팸플릿의 종이 재질, 색상까지 세심히 신경을 썼다. 팸플릿이 작품의 도입부라고 여겼기 때문이다. 영화 포스터는 영화의 첫인상인 동시에 영화의 거의 모든 것이 담겨 있어 포스터를 보고 영화를 선택하는 경우도 적지 않다. 요즘의 영화 포스터들은 예술작품처럼 정교하게 만들어져 포스터 전시회가 따로 열리기도 한다. 영화의 인트로는 포스터에서 시작된다.

제2차 세계대전 영국 정부가 영국 시민들의 사기를 돋우기 위해 제작한 동기부여 포스터에는 이런 표어가 쓰였다. '평정심을 유지하고 하던 일을 계속하라.' 이 포스터는 국민에게 큰 위로가 되었다. 한 문장의 힘.

그렇다면 수상소감이나 연설은 어떨까. 역시 말문을 여는 시점, 인트로가 가장 큰 영향을 미친다. 1984년 아카데미 시상식에서 셜리 맥클레인은 "전 이 상을 받을 자격이 있습니다"라고 말하며 트로피를 치켜들었다. 30년 동안 배우로서 최선을 다하고 수많은 시련을 이겨냈기에 조용하고 당당한 그녀의 수상소감에 관중은 감동하며 기립박수를 보냈다. 1992년 당시 12살이었던 세번 스즈키는 리우에서 열린 UN 환경개발회의 본회의 연설에 연사로 나서게 되었다. "안녕하세요. 저는 세번 컬리스 스즈키입니다. 저는 에코의 대표로 여기에 왔습니다. 저희는 열두 살에서 열세 살 사이의 캐나다 아이들로 세상의 작은 변화에 기여하려는 모임입니다." 지금 그녀는 환경운동가로 활약하고 있다. 확신과 신념이 넘쳐나는 이 짧은 연설은 그녀가 이후로도 환경운동의 삶을 살아가리라는 기대를 갖게 한다. 그녀의 인트로는 마침내 꿈을 이루었다.

사실 인트로를 멀리서 찾을 필요가 없다. 조선시대는 가히 인트로의 문화였다. 형식과 절차가 삶의 주류를 이룬 사회는 일상의 모든 도입부가 전체를 아우른다. 조선시대의 양반 자제들이 매일 매진해야 했던 것은 읽고, 쓰고, 말하고, 토론하기였다. 장원급제하려면 10미터에 달하는 백지를 채워나가야 했다. 서신은 일상의 기본이었고, 그 서신도 형식에 맞춰 바른 글씨로 적당한 비유와 은유를 사용하는 것이 상식이었다. 방문을 열기 전에는 반드시 헛기침해서 인기척을 알리는 것이 예의였다. 배려가 우선시되는 문화임을 보여주는 예다.

인트로는 음악, 시, 소설, 수상소감, 연설뿐만 아니라 카톡 메시지, 친구와 만나서 나누는 첫인사, 그 모든 일상의 모든 영역을

망라하는 양식이다. 텍스트가 모이고 쌓여서 하나의 스타일이 완성된다. 나만의 스타일은 인트로를 어떻게 장식하느냐에 달려 있다.

글을 쓰기 시작하는 바로 그 시점, 말문을 여는 그 순간, 나의 모든 세계가 보여진다. SNS를 통해 매일 문장을 쏟아내며 사는 문장의 시대에, 수려한 문장이나 빛나는 단어를 발견하기가 어려워진 것은 막말, 줄임말, 만화체의 대화, 문장부호의 과잉이라는 '예의 없음' 때문이다.

은유는 죽었다고 했던가? 진정한 절망은 더는 말을 할 수 없을 때 일어난다고 했던 롤랑 바르트는 그러나 다행히도 '지구상의 서사는 무한하다'는 희망을 넌지시 던져준다. 일상의 도입부, 인트로는 말에서 시작된다. 죽어 있던 말이 살아나려면 리듬을 살려야 한다. 어느 음악감독의 얘기처럼 사람 사이의 리듬, 호흡의 리듬, 제스처의 리듬, 생각의 리듬, 몸의 리듬을 살려야 한다. 저 빛나는 문장들, 구절들, 한 마디의 힘, 음악의 인트로는 은유로 세계를 마주하려는 의지에서 발현되었다. 그 빛나는 정신은 결코 리듬을 잃는 법이 없다.

인트로는 나와 세계를 온몸으로 느끼기 위한 가교다. 바야흐로 자기 서사의 시대다. 서사를 바꾸어야 인트로가 바뀐다. 매일의 인사, 매일의 카톡, 말을 건넬 때의 제스처와 표정, 이 모든 게 오늘의 나를 이룬다. 이것이 삶이고, 예술이다.

우울할 땐 시의 첫 구절들을 읊어보는 것도 좋다.

나는 믿는다. 풀잎 하나가 별들의 운행에 못지않다고, 그리고 개미
도 역시 완전하고, 모래알 하나 굴뚝새의 알 하나도 그렇다…
–월트 휘트먼 〈Song of Myself〉

회흑색 황무지 실낱같은 햇살, 나무높이의 생각은 빛의 음조를 터트
리고 인류를 넘어선 곳에 아직 부를 만한 노래가 있나니…
–파울 첼란 〈실낱 태양들〉

자! 이제 하루를 어떻게 열 것인가.

재즈를 그린 화가들
마티스, 몬드리안, 세코토

"난 그림을 그리지 않는다. 난 눈으로 생각한다."

야수파의 창시자이자 '색채의 대가'라 불리는 프랑스 화가 앙리 마티스Henri Matisse의 말이다. 1905년 파리의 첫 전시회에서 선보인 마티스의 강렬한 색채와 거친 붓터치로 완성된 푸른 얼굴의 인물화 〈모자를 쓴 여인〉은 비평가들에게 "마치 야수가 전시장을 어슬렁거리는 느낌"이라는 혹평을 받았으나 마티스는 오히려 이를 흔쾌히 받아들이며 야수파를 이끌게 된다. 눈에 보이는 사물을 그대로 그리지 않고 대상 안에 사유와 감정을 이입시킨 이 인물화는 이후 20세기 초상화의 걸작이다.

마티스는 말년에 십이지장 수술을 받고 휠체어에 의지하게 되면서 붓 대신 가위로 종이를 오려 붙이는 '컷아웃 기법'을 개발하는데 마티스의 예술적 유산인 아트북 《재즈JAZZ》는 컷아웃 시리즈와 신화, 연극, 서커스에 대한 생각들을 글로 쓴 작품집이다. 컷아웃 기법으로 타이포한 'JAZZ'라는 글자 외에는 재즈에 대한 내용이 없지만 마티스가 이 아트북의 제목을 'JAZZ'로 정한 것은 주제의 다양한 변화와 작품에 내재된 즉흥성과 자유로움이 있기 때문이었다. 어렸을 때부터 바이올린을 연주하며 재즈를 좋아한 취향을 반영했는지도 모른다. 마티스의 아이콘, 세계에서 가장 비싼 일러스트라고 알려진 'JAZZ' 글자를 비롯해 책 속의 글자들은 단순함과 세련됨을 표현해 타이포그래피의 절제된 미학을 보여준다.

경계 없는 세계를 작품에 투영한 마티스

마티스 하면 떠오르는 대표작인 〈춤〉은 하늘, 땅, 인간을 파랑, 초록, 빨강의 강렬한 보색 대비와 명료한 주제로 표현하고 있다. 다섯 명의 누드 인물들이 서로 손잡고 원을 그리며 춤추고 있는 이 작품은 그림 속 사람들이 움직이는 듯한 착각마저 불러일으킨다.

"나는 춤을 좋아하고 춤을 통해서 많은 것을 봅니다. 표현력이 풍부한 움직임 혹은 내가 좋아하는 음악을요. 춤은 내 안에 있었습니다."

춤과 음악은 마티스에게 모든 긴장을 해제시키는 관계와 소통을 의미했다. 블루 시리즈 중 하나인 〈이카루스〉는 하늘에서 떨어지는 공군 비행사의 추락하는 모습을 그리스 신화의 비극적 인물 이카루스로 재해석하며 죽음이 아닌 자유를 향해 낙하하는 인간을 그려내고 있다.

예술가는 자신의 포로, 형식의 포로, 명성의 포로, 성공의 포로가 되어서는 안 된다고 믿었던 마티스에게 가장 중요한 것은 기존 형식을 깨고 나아가는 도전 정신이었다. 마티스는 많은 여행을 통해 경계 없는 세계를 작품 안에 투영했다. 이슬람 문화에서 아프리카 문화, 그리고 드로잉에 영향을 미친 동양 서예에 이르기까지, 그는 세계의 다양한 문화를 자신만의 방식으로 키워 나갔다. 장미를 제대로 그리기 위해서는 지금껏 그렸던 모든 장미를 잊어야 한다는 마티스의 철학은 재즈 연주에 있어서도 가장 중요한 문제다. 어제까지 혹은 조금 전까지의 연주(그것이 최고의 연주였다 하더라도)는 잊어버리고 다시 시작하는 마음으로 이전에 없었던 새로운 즉흥연주를 시도하는 것이 진정한 연주이기 때문이다.

평소에 마티스를 존경해온 피카소는 "그의 뱃속엔 태양이 들어 있다"고 말했다. 그러나 정작 그의 뱃속엔 종양이 자라고 있었다. 그의 그림이 태양처럼 눈부신 것은 그의 영혼이 어린아이처럼 순수함을 잃지 않았기 때문이다. 말년에 그는 위가 내려앉는 병에 걸려 철제 벨트를 차고 있어야 했지만 이에 절망하지 않고 열두 달 동안 가위, 풀, 핀으로 컷아웃 작품을 완성했다. 붓 대신 가위를 들어 삶의 고통을 예술로 승화시킨 그의 에너지의 근원은 관계, 곧 사랑이었다. 79세에 만든 작품 〈나디아의 옆 모습〉은 아쿼틴트 기법(동판이나 아연판 위에 송진가루를 붙이고 그림을 그려 만드는 기법)으로 완성한 작품이다. 마티스의 모델이자 그를 돌보며 우정을 나눈 나디아는 마티스 말년의 역작인 드로잉 작품의 주인공이 되었다.

마티스는 침대에 누워 움직일 수 없는 상황에서도 간결한 선과 형태를 만들기 위해 수백 번씩 습작하며 10시간이 넘도록 작업하기도 했다. 감정을 가장 순수하게 직접적으로 옮기는 것이 선이라고 생각한 마티스는 선의 두께와 여백도 염두에 두었다. 감각을 몸에 익히기 위해 눈을 감고 작업할 수 있을 때까지 그는 작업에 몰두했다. 마치 좋은 톤을 유지하기 위해 음 하나를 오랜 시간 연습하는 뮤지션처럼. 대표작 〈삶의 기쁨〉을 두고 그는 그 그림이 '정신을 위한 안락한 의자'가 되길 바랐다. 마티스의 '부드러운 선'은 붓을 놓고 시작한 컷아웃 드로잉에도 이어졌다. 유연하고 가벼운 스윙의 리듬과 맞닿아 있는 부드러운 선은 세상을 향한 소통과 교감의 선이었다.

즉흥성의 자유로움이야말로 무음의 재즈

마티스는 인생 후반부에 들어서자 그림을 그리는 일 못지않게 책을 만들고 일러스트를 그리는 일에 무게를 두었다. 병마로 몸이 무거워질수록 붓 터치는 간결하고 더욱 가벼워졌다. 시의 삽화, 아티스트의 북 표지 등 그의 작업은 쉬지 않고 이어졌다. 모든 창조의 근원은 사랑이라고 믿었던 마티스는 선과 빛과 색채에 대한 사랑을 평생에 걸쳐 작품으로 보여주었다. 그가 죽기 전 5년 동안 누워서 작업한 최후의 역작 〈로사리오 성당〉은 성당의 내부 디자인뿐만 아니라 스테인드글라스, 타일 바닥의 문양, 사제복의 디자인에 이르기까지 그의 손길이 닿지 않은 곳이 없었다. 그리고 유언처럼 그는 모든 사람이 종교와 무관하게 이 성당에 와서 편히 쉬기를 바란다고 전했다.

부드러운 선처럼 삶에서도 친절함과 소박함을 지녔던 마티스는 항상 열린 마음으로 젊은 작가들과도 함께 작업하기를 주저하지 않았다. 병원에 입원한 친구에게는 자기 그림을 걸어두면 푸른색은 영혼을 파고들고 붉은색은 혈압을 상승시켜 치료에 효과가 있을 것이라는 (미술치료의 효시를 알리는) 예지력을 보여주기도 했다. 자연을 사랑하고 새와 고양이를 키우며, 어린아이처럼 세상을 경이로운 눈으로 바라본 마티스는 육체의 고통을 받아들이며 작품과 함께 그대로 빛이 되었다.

마티스에게 있어 즉흥은 결정적 순간의 용기였다. 사물에 대한 개념의 경계를 평면으로 확장한 이 용기는 보이고 들리는 세계 너머의 빛과 소리를 포착해내는 직관력을 가져야만 얻을 수

있는 에너지다. 미디어아트에서도 가장 각광받는 마티스의 작품
은 고통을 유쾌함으로 치환하며 시대를 앞서가는 정신으로(팝아
트의 선구자 앤디 워홀의 꿈은 마티스였다), 어떤 형식이나 개념에 얽
매이지 않는 자유로움을 지닌 재즈, 무음의 재즈가 되었다.

직선으로 JAZZ 호흡한 몬드리안

부기우기는 블루스에서 시작된 재즈의 한 형식으로 왼손의
베이스 리듬과 오른손의 화려한 멜로디가 변주되는 것이 특징이
다. 빠르고 경쾌한 리듬은 부기우기 댄스로 이어졌다. 현대미술
을 대표하는 몬드리안Piet Mondrian이 작업한 〈브로드웨이 부기우
기〉는 그의 마지막 작품으로 현대미술에 큰 영향을 미쳤다. 추상
예술의 정점을 보여주는 이 작품은 부기우기를 연주하는 모습은
보이지 않고 오직 직선과 원색의 점과 블록으로 다양한 사각형
의 형태를 이룬 것이 전부다.

몬드리안의 정형적 미의 철학적 탐구가 무한히 펼쳐진 추상
화풍의 진수인 〈브로드웨이 부기우기〉는 뉴욕에 살면서 그린 작
품이다. 뉴욕이라는 도시의 역동성에 매료돼 거리를 산책하고,
당시 유행했던 부기우기에 맞춰 춤추며 작품을 구상했다고 한
다. 마치 도로처럼 펼쳐진 노란 선 위에 미니 사각형의 파란 블록
과 빨간 블록을 교차해 리듬감을 살린 〈브로드웨이 부기우기〉를
오래 들여다보면 원색의 리듬감이 부기우기처럼 느껴지는데 바

로 이것이 몬드리안이 추구하는 추상예술의 본질이다.

가능한 한 진실에 접근하고 싶어서 사물의 근본적인 특성에 도달할 때까지 모든 것을 추상화했던 몬드리안은 세계대전 이후 불안을 잠식시키는 것은 오직 명확한 직선뿐이라는 그만의 철학, 혹은 신지학(직선과 원색이 세상의 본질이라는)의 영향으로 유토피아를 꿈꾸었다. 그는 자연이 변화무쌍하다는 이유로 나뭇잎의 색이 변하는 것도 견디지 못했다. 뉴욕에 정착하며 마침내 회화와 재즈가 균형을 이룬 완벽한 사각형의 〈브로드웨이 부기우기〉를 완성했으나 그토록 좋아하던 부기우기 댄스를 마음껏 누리기도 전에 폐렴으로 숨을 거둔다. 부드러운 선의 마티스와 명확한 직선의 몬드리안은 작품으로는 결코 접점이 없어 보이지만 그들은 분명 재즈를 사랑했다. JAZZ는 이들의 작품 속에서 부드러운 곡선과 날카로운 직선을 오가며 여전히 숨 쉬고 있다.

그림 속에 재즈를 담은 미술가, 세코토

여기, 남아공 현대미술의 아버지인 화가 제라드 세코토Gerard Sekoto가 있다. 그는 인종차별이 심한 조국을 떠나 파리로 망명해 아프리카의 전통을 모더니즘으로 승화시켰다. 화가이기 전에 뮤지션인 제라드 세코토는 파리에서는 작업과 함께 재즈 피아니스트로 활동하며 생계를 이어 나갔다. 연주자와 화가의 세계를 넘나드는 그의 작품들은 리듬감이 넘쳐흐르는데 재즈를 소재로 한 연주자들의 모습이 담긴 〈재즈밴드〉를 비롯해 〈Street Musician〉 〈The Song of the Pick〉 〈Dancing Senegalese Figures〉 등은 아프리카의 원시적 전통과 유럽의 모더니즘이 혼재된 그만의 세계를 보여준다. 그는 망명의 슬픔을 다룬 곡들도 작업했는데 그의 사망 후 《푸른 머리》라는 음반으로 제작되었다.

마티스는 'JAZZ'라는 글자로, 몬드리안은 직선과 삼원색으로 뉴욕의 부기우기를, 그리고 제라드 세코토는 눈앞의 재즈밴드를 가장 쉽게 보여줌으로써 이제 온전한 재즈 공연이 막을 내렸다. 재즈는 듣는 것뿐 아니라 볼 수도 있는 세계라는 것. 이 작가들이 추구하는 것은 '다르게 바라보는 방식'이다. 나는 그것을 '재즈적 시선'이라 부르고 싶다.

바야흐로
반음의 세상

1870년대 프랑스 화단에는 '현실의 재현'을 추구하는 정교한 고전주의의 화풍을 벗어난 화가들이 있었다. 기존의 정통적 주제(역사화, 종교화, 초상화)에 요구되던 세밀한 묘사 대신 빛과 색의 조화, 순간적인 인상, 대담한 붓 터치로 완성된 이들의 작품은 살롱 전시회에서 거절당했다. 그림이 선명하지 않다는 이유로 비평가들로부터 '무질서하고 초라하다'는 혹평을 받은 것이다. 모네의 작품 〈인상, 해돋이〉라는 제목을 보고 한 평론가가 "인상주의"라고 조롱하듯 말한 것이 '인상파'라는 이름으로 굳어질 정도였다. 그러나 미완성처럼 흐릿했던 인상파의 작품들은 (모네, 르누아르, 드가 등) 개인 컬렉션에 들어가며 재조명을 받고 후에 새로운 미술 혁신의 상징이 되었다. 선명함과 세밀함을 거부했던 인상파의 '흐릿함'은 '빛과 색의 탐구'와 '순간적 인상'

에 초점을 맞춘 감각의 승리였다. 명료하고 선명한 기존 화가들의 그림은 보이는 그 자체로 이해돼 '해석의 여지'가 없었다. 이에 반해 인상파의 그림은 색이 빛으로 퍼져나간 '흐릿함'을 무한한 해석으로 남겨두었다. 이들에게 '선명함'은 확실한 질서와 제한된 틀을 의미했기에 그림은 햇빛에 의해 빛과 색의 경계가 하나가 되었다. 중요한 것은 '주관적 경험'과 '순간적 인상'이었다.

세밀한 조율로 완성되는 빛의 변화, 색의 겹침

클로드 모네Claude Monet가 평생에 걸쳐 완성한 〈수련〉 연작은 빛의 반사로 색채가 잔잔하게 퍼진 자연의 '흐릿함'을 보여주는 대표적인 작품이다. 그림 속 '수련'은 연잎과 하늘과 물이 빛을 받아 고요하면서도 유동적인 느낌을 준다. 겹겹이 쌓인 붓 터치로 완성된 '흐릿함'은 빛과 색에 대한 미세한 관찰과 조율이 있어야만 표현되는 고도의 정교함이다. 이런 의미에서 모네의 〈수련〉은 하나의 정경이 아니라 '무한히 변주되고 있는 세계'로 다가온다. 물 위의 흐릿한 빛의 떨림은 단순한 빛의 번짐이 아닌 붓 터치의 세밀한 조율이다. 〈수련〉 연작을 오래도록 들여다보면 모네의 말대로 "내가 그린 것은 단지 수련이 아니라 그 위에 비친 하늘과 나의 감정"이었음을 상기하게 된다.

인상파를 대표하는 오귀스트 르누아르Pierre-Auguste Renoir는 따뜻하고 부드러우면서도 화려한 색채의 마술사다. 그의 작품

〈The Boat〉는 빛과 색채가 하나로, 인물이 중심에 있으면서도 배경 속으로 녹아드는 듯한 느낌이다. 순간의 빛과 색채의 떨림은 인물과 보트와 강물을 흐릿하게 연결한다. 바로 이 흐릿해 보이는 그림 안에 수십 겹의 터치가 숨어 있다. (모네의 작업 방식이 그러했듯) 오래도록 자세히 들여다봐야만 보이는 작가의 세밀한 흔적. 구체적 묘사보다 부드러운 색채가 강조된 것은 햇빛을 받은 대상에 대한 순간적 인상을 즉흥으로 담아 작업했기 때문이다. 빛과 하나가 된 색채는 무한한 시각 경험으로 이어지곤 하는데, 이는 빛의 변화와 색의 겹침을 정교하게 조율할 때 비로소 가능해진다.

인상주의 회화의 '선명하지 않은 이미지'는 관객의 해석과 상상력이 개입하도록 의도되었다. 작품 속 흐릿한 색채의 변화와 거친 붓 터치는 감정과 분위기를 이끌어내며 다양한 해석은 열린 시선과 관용으로 연결된다. 언뜻 보기에 그리기 쉬워 보이지만 절대로 쉽게 그릴 수 없다. 이것이 드러나지 않은 세밀함의 위력이다.

질서의 균열이던 반음, 재즈에서는 연결고리

그렇다면 음악에서의 '흐릿함'이라 할 수 있는 반음은 어떤 의미일까. 중세 음악은 4개의 음으로 이루어진 '테트라코드' 체계를 기반으로 명확한 음정 질서와 구조적 안정성을 추구했다. 음의 도약은 감정적 움직임과 함께한다고 보았다. 따라서 각 음은 우주적 질서와 신성한 조화를 상징하고, 반음조차 제한된 틀 안에서 움직였다.

중세 음악에 쓰인 각 음은 수학적 체계로서 고유한 상징적 의미를 지니며 하나의 음은 하나의 기능, 하나의 메시지를 갖고 있었다. 중세 음악은 종교적인 색채로 음정과 구조 질서가 명확하게 규정되었다. 중세 시대에서 반음은 '질서의 균열'과 '신비'를 의미했다. 우주의 질서를 설명하기 위해 반음을 신비로운 위치에 두었다. 우주의 질서는 곧 '신성성'을 뜻했다. 중세 음악은 보편적 질서를 담은 절대적 기준이 필요했다. 모호함의 속성으로 인해 중세 음악에서 환영받지 못했던 반음은 20세기에 이르러서야 그 가치를 발휘하게 된다.

재즈에서 가장 중요한 요소는 '블루노트Blue note'이다. 장음계의 음(3음과 7음)을 반음 낮추어 연주하는 것이다. 반음과 온음 사이의 미묘한 음색은 인간의 감정(슬픔, 희망, 긴장, 해방)을 압축적으로 표현한다. 재즈에서의 반음은 서사적 장치로서 음과 음을 자연스럽게 연결해준다. 같은 멜로디라도 반음을 어떻게 처리하느냐가 중요하다.

중세 음악에서 '질서의 균열'을 의미했던 반음이 재즈에서는 '인간 내면의 혼란과 해방'을 표현하기 위해 쓰인다. 거대한 우주적 질서가 아닌 개인의 자유로 작용하게 된 것이다. 재즈에서 불협화음으로 쓰인 반음은 내밀한 개인성을 나타낸다. 중세 음악이 추구한 구조와 질서가 '선명함의 세계'라면, 재즈의 본질인 즉흥과 감정은 한마디로 정의 내릴 수 없는 '흐릿함의 세계'다. 이것은 표현의 유동성을 의미한다. 미세한 음정 변화는 다양한 해석과 감정을 낳는다. 반음이 중세 음악에서는 경계로, 재즈에서는 연결고리로 작용했다. 애매한 음으로 들리는 이 흐릿함은 인상주의가 표현했던 것처럼 '의도된 흐릿함'이다.

애매함으로 열린 해석을 추구하는 재즈의 반음

블루노트와 반음, 미세한 음정 변화와 즉흥적 리듬을 통해 음을 유동적으로 다루며, 청자에게는 애매하고 불확정한 음으로 작용한다. 청자 입장에서의 애매함은 연주자가 의도한 흐릿함이다. 중세 음악에서는 하나의 음이 단일 의미의 세계관이었지만 재즈에서는 반음 하나가 다의적 의미를 지닌다. 반음은 멜로디와 화성을 연결하며 즉흥적 감정을 표현하게 해준다.

모네와 르누아르의 작품에서처럼 재즈에 쓰이는 반음은 '열린 해석의 가능성'이다. 이 가능성은 단순한 음정의 유연성을 의미하는 것이 아니다. 인상파는 색과 빛으로 흐릿함을, 재즈는 음과 반음의 미세한 움직임으로 애매함을 추구한다.

안토니오 카를로스 조빔의 보사노바 〈WAVE〉는 부드러운 멜로디에 반음과 음색 변화가 미묘하게 흐르는 곡이다. 미세하게 움직이고 있는 반음으로 인해 온음의 물결이 한층 부드러워진다. 보사노바에 반음이 없다면 너무나 밋밋하고 건조한 음악이 될 것이다. 연주자가 의도한 흐릿함은 반음의 모호함으로 경계를 해체한다. 이것은 결핍이 아닌 창조적 가능성이 되는 하나의 '창'이다. 보사노바는 반음을 통해 '명확하지 않음'을 노래한다. 노래가 부드럽고 희미해질수록 〈WAVE〉는 유연해진다. 다만 반음을 섬세하게 다루어야 유동적인 음들이 자연스럽게 들린다. 반음의 연속과 미묘한 음정 차이가 멜로디를 부드럽게 연결하는 것이다.

인상파 작가들의 의도된 흐릿함은 여기에도 적용된다. 일반적으로 보사노바는 부드럽고 편하게 들리지만, 리듬과 반음을 정교하게 다룰 줄 알아야 하기에 부르기 어려운 곡이 바로 〈WAVE〉다.

찰리 파커의 〈Donna Lee〉는 어떤가. 장난치듯 빠르고 경쾌하게 들리지만, 엄청난 속도와 화성적 정교함과 고도의 난해함이 잠재된 곡이다. 이 곡을 마스터하기란 절대 쉽지 않지만, 한번 마스터하고 나면 그 성취감은 이루 말할 수 없다. 그러나 기쁨은 잠시, 지속적으로 연습해야 한다. 미세한 음들을 자유롭게 놀이하듯 연주하려면 꾸준히 치밀하게 연습해야 한다. 장난기 넘치는 멜로디로 들렸던 것은 '사소해 보이는 음들'의 치밀함을 간과한 탓이다. 마치 인상주의 작품들이 흐릿한 색채 속에 겹겹이 쌓은 붓 터치를 숨겨놓은 것과 같다.

반음의 위력

인상주의 화풍이나 재즈가 추구하는 것은 순간적 인상과 주관적 경험이다. 중세 음악의 선명함과 고전주의 작품들 속의 세밀한 묘사는 '절대적 기준'이 생명이었다. 거기엔 보편적 질서와 완결이 있었다. 개인의 감정은 전혀 다루어지지 않았다. 모네의 〈수련〉 연작이나 르누아르의 〈The Boat〉는 인상주의의 '흐릿함'을 통해 개인의 감정을 즉흥적으로 표현하고 있다. 이는 작품을 감상하는 이에게 열린 시선과 다양한 해석을 선사한다.

'흐릿함' 속의 정교함은 일종의 '사소함'이다. '아주 작은 감정들'이 주목받는 시대의 트렌드에 이 '흐릿함'은 감정을 조절하는 고도의 균형 감각으로 다가온다. 이전엔 부정적으로 느꼈던 예술 작품의 '애매함'이나 '불안정성'이야말로 가장 정밀한 조율을 필요로 하고 있는지 모른다.

재즈에서 자주 등장하는 반음의 연속과 미묘한 음정들은 마치 인상주의 작품에서 느껴지는 흐릿함(붓의 속도와 압력까지 통제된 결과)처럼 멜로디를 부드럽게 연결하며 전체적으로는 흐릿하게 들리는 효과를 준다. 쉽게 보이고 쉽게 들리나 결코 쉽지 않은 정교함. 이것이 색채에서의 흐릿함, 음악에서의 반음의 위력이다. 순간의 느낌과 인상이 극도의 정교함과 조율로 발화될 때 모든 예술 작품은 살아 있는 언어가 된다. 미세한 감각과 시선이 요구되는 시대, 바야흐로 '반음의 세상'이다.

누벨바그 영화에 녹아든
재즈적 발상

프랑스에서는 1950년대 말에서 1960년대까지 기존의 영화 방식을 벗어난 '누벨바그(새로운 물결)'라는 새로운 영화 운동이 일어났다. 사르트르와 장 콕토의 실존주의에 빠져든 젊은 영화광들은 앙드레 바쟁이 창간한 영화잡지《카이에 뒤 시네마》에 영화비평을 기고하며 이후에 영화를 제작하기 시작했다. 이들이 바로 프랑스 영화의 새 시대를 연 누벨바그 감독들이다. 감독이기 이전에 영화비평을 했던 그들에게 영화는 지면을 스크린으로 대체한 '글쓰기의 확장'이었다.

영화에 실험적 기법을 도입한 누벨바그 감독들

그들은 끊임없이 영화를 보고, 영화에 대한 글을 썼기에 기존의 영화 제작에서는 볼 수 없었던 새로운 영화 기법들이 과감하게 도입되었다. 카메라를 손에 들고 촬영하는 '핸드헬드 기법'은 누벨바그 영화의 전형적인 스타일이다. 흔들리는 카메라로 찍힌 불안감과 긴장감, 스튜디오가 아닌 거리에서 제작된 현장감, 조명이 아닌 자연광이 그대로 노출된 자연스러움, 점프 컷, 즉흥적인 연기, 감독의 삶이 반영된 캐릭터, 대화가 이끌어가는 내러티브, (브레히트의 소격 효과처럼 보이는) 배우들이 카메라 앵글 바라보기, 단순하면서도 철학적인 주제 다루기 등, 이전 영화에서는 시도되지 않았던 실험적 제작 방식은 이후에 등장하는 모든 영화 장르에 지대한 영향을 미치게 된다.

감독이 된 후에도 여전히 자신을 비평가로 생각하며 비판적 차원에서 영화를 만들었던 장 뤽 고다르Jean Luc Godard. 누벨바그를 이끈 가장 혁신적이고 아방가르드한 그의 영화 〈네 멋대로 해라〉는 카메라가 스튜디오가 아닌 거리를 향했다. 그에게는 즉흥 연출과 즉흥 연기(애드립)가 내러티브를 완성해 나가는 방식이었다(촬영 당일 대본이 나오는). 영화 속 운전하던 남자가 카메라에 대고 말을 건네는 장면 등은 관객에게 새로운 충격이었다. 이와 비슷한 상황은 영화가 끝날 때까지 계속 튀어나온다. 때론 배우가 아닌 행인을 그대로 카메라에 담아낸다. 관객이 감상에 머물지 않고 영화에 대해 질문하는 것. 그것이 그가 추구한 '고다르식 영화 보기'가 아니었을까. 거슬러 올라가면 이탈리아 네오리얼리즘의 기수인 로베르토 로셀리니의 로케이션 촬영(스튜디오가 아닌 로마의 거리)에서 영감을 받은 결과이기도 하다.

영화에서 그가 만들어낸 '점프 컷'은 마치 A 이야기를 하다가 Z 이야기를 뜬금없이 꺼내 일관성을 중단시킴으로써 관객을 당혹게 한다. 몰입을 방해하는 점프 컷의 사용은 그가 말한 비평적 요소(의사소통이 어려운 도시의 삶)를 상징적으로 표현한 것이다. 고다르는 영화 속에 에세이와 비평을 녹여내고 다큐와 픽션의 경계를 넘나들며 연극과 뮤지컬 요소를 차용하는 새로운 장르를 끊임없이 시도한다. 이렇게 해서 고다르만의 '고유한 스타일이 없는 고다르 스타일'이 탄생하게 된다. 고다르가 다양하게 시도한 '장르의 혼합' 다시 말해 누벨바그에서 시도된 모든 영화 기법이야말로 내게는 지극히 재즈적이다.

누벨바그의 두 상징 고다르와 트뤼포

고다르와 함께 누벨바그의 상징인 프랑수아 트뤼포Francois Roland Truffaut는 영화 〈400번의 구타〉로 칸 영화제에서 감독상을 수상했다. 그는 "영화는 나의 자서전이다"라고 얘기할 만큼 자신의 삶이 투영된 영화를 많이 작업했는데 그중에서도 가장 자전적인 영화 〈400번의 구타〉는 트뤼포의 어린 시절을 떠올리게 하는 장 피에로 레오(트뤼포의 페르소나)의 열연으로 호평을 받았다. 영화가 삶의 낙이었던 트뤼포는 영화에서처럼 실제로 어린 시절 타자기를 훔쳐 영화클럽을 만들고 결국엔 소년원까지 다녀온다.

트뤼포는 뛰어난 작문 실력을 지니고 있었으나 '남의 작품을 베낀 것'이라는 선생님의 평가에 더욱 반항적인 소년이 된다. 그리고 훗날 누벨바그를 태동시킨 영화비평가 앙드레 바쟁(《카이에 뒤 시네마》창간)을 만나면서 인생의 전환점을 맞고 영화의 세계로 들어선다. 트뤼포 역시 고다르처럼 《카이에 뒤 시네마》에 영화비평을 기고하는데 "감독은 영화를 통해 개인적이고 자전적인 이야기를 해야 하며 감독의 개성이 드러난 영화를 만들어야 한다"고 강조했다. 트뤼포의 영화는 특히 개인적인 경험, 인간에 대한 이해와 탐구, 기성세대에 대한 반항, 그리고 과거와 현재에 대한 기억이 깊이 내재해 있다. 트뤼포가 칸 영화제에 진출했을 때 고다르는 프랑스의 기존 상업영화를 다음과 같이 비판했다.

"당신들은 우리가 사랑하는 바로 그 소녀들, 우리가 날마다 보는 바로 그 소년들, 우리가 경멸하거나 존경하는 그 부모들, 우리를 놀라게 하거나 우리를 무심히 내버려두는 바로 그 아이들, 즉 그대로의 것들을 영화로 찍은 적이 없기에 우리는 용서할 수 없다. 오늘 승리는 우리 것이다."

이처럼 누벨바그를 이끈 이 두 사람의 우정은 지속되는 듯했으나 영화의 작업 방식(트뤼포에게는 관객의 반응이 중요하지만 고다르는 이에 개의치 않았다)과 정치적 의견이 다른 까닭에 1970년대 이후로 의절했다. 그러나 트뤼포가 죽고 난 4년 후 1988년 트뤼포의 서문에서 고다르는 진심 어린 애도를 보낸다.

"우리를 이어준 것은 스크린이었다. 우리는 삶에서 벗어나기 위해 스크린이라는 벽을 올랐지만 벽 위에는 아무것도 없었다… 프랑수아는 죽었을 것이다. 나는 여전히 살아 있을 것이다. 그렇다 한들 그게 다 무슨 소용이란 말인가."

혁신적 삶을 추구했던 고다르와 미학적 삶을 꿈꾼 트뤼포는 다시없을 영화광이며 영화 천재들이었다. 2022년 결국 고다르도 세상을 떠났다. 스크린이 존재하는 한 그들의 우정은 결코 끝나지 않을 것이다. 그들에게 영화와 삶의 경계는 처음부터 존재하지 않았으므로.

재즈 역사상 중요한 전환점을 이룬 루이 말

고다르와 트뤼포의 친구이자 역시 누벨바그 감독인 루이 말 Louis Malle은 그 두 사람과는 다른 독자적인 세계를 구축하여 프랑스 영화의 전통에 누벨바그의 혁신적인 작업 방식을 더했다. 그 역시 영화광으로 출발한 영화비평가였으며 인권옹호에 적극적이었다. 그의 미장센은 섬세한 색채와 부드러운 리듬감, 독보적인 편집 기술로 주인공의 내밀한 심리를 그려내고 있다. 1958년 개봉된 대표작 〈사형대의 엘리베이터〉는 재즈 역사에서도 중요한 전환점이 된 작품이다.

음악을 담당한 마일즈 데이비스와 연주자들은 영화를 보고 나서 즉흥적으로 영화음악을 만들었다. 음산한 파리의 밤거리를 공포의 느낌으로 내버려두지 않고 단순하면서도 우울한 트럼펫 선율로 채웠다. 이전에도 재즈가 영화에 배경음악으로 나오긴 했으나 이 영화처럼 음악이 주도적으로 영화를 이끈 예가 없었다. 이처럼 영화와 음악의 완벽한 조우를 이룬 성공작은 영화 역사상 찾기 어려울 것이다. 드라마 같은 상황에서 만들어진 마일스 데이비스의 업적인 이 영화음악은 재즈 명곡이 되었다.

루이 말이 그토록 재즈를 영화음악으로 쓰고 싶어 한 이유는 12세부터 재즈에 심취해 있었기 때문이다. 루이 말은 예정된 음악이 아닌 좀 더 새로운 방식으로, 영화의 중요한 장면들을 배우의 대사가 아닌 음악으로 전하고자 했다. 그의 탁월한 선택은 마침내 영화음악의 위상을 드높이게 된다.

영화와 재즈의 운명

결국 모던재즈와 누벨바그는 만날 수밖에 없는 운명이었다. 그들은 기질도 서로 닮았다. 전통적인 기존의 방식을 탈피한 세계를 작업해 나가는 것, 역동적이며 실험적인 도전정신, 자유로움, 과거의 재해석, 다양한 장르와의 결합 등등.

모던재즈의 태동 시기도 누벨바그와 비슷하다. 50년대에 등장한 모던재즈는 현란했던 비밥Bebop을 벗어나 현대적이고 세련된 감각의 재즈를 추구했다. 40년대를 휘젓던 비밥은 '쿨재즈 Cool Jazz'로 속도를 늦추며, 한편으로는 비밥과 쿨을 접목시킨 '하드 밥'으로 새로운 장르를 만들어냈다. 모던재즈의 특징은 화성과 멜로디의 과감한 변화와 시각적 분위기와 톤(컬러), 예상치 못한 음악적 반전(영화에서의 점프 컷), 솔로 연주가 하나의 이야기처럼 들리게 하는 멜로디의 구성이다. 이전 재즈가 지니고 있던 음악적 구조를 비정형적인 구조로 변화시킨 모던재즈는 누벨바그가 작가주의를 지향하듯, 솔로 안에서 하나의 주제를 담아내는 연주자의 개성이 우선시되는 작가주의로 나아갔다.

누벨바그와 모던재즈는 한 시대에 머물지 않고 후대 영화감독과 재즈 연주자에게 지속적인 영향을 미치고 있다. 영화를 예술로서 더 깊이 인식하게 된 것은 누벨바그라는 적극적인 영화 운동이 있었기 때문이다. 얼마 전 영화 〈퍼펙트 데이즈〉로 노장의 힘을 보여준 빔 벤더스는 독일의 '뉴 저먼 시네마(1960년~1970년대 독일의 영화운동)'를 이끈 감독 중 한 사람이다. 누벨바그처럼 독일에서도 젊은 감독들이 주축이 되어 새로운 영화 부흥을 일으켰다. 이 같은 영화 운동은 비단 프랑스, 독일뿐만 아니라 전 세계에서 재능 있는 많은 감독이 시대를 넘나들며 서로 영향을 주고받고 또 지금도 자기만의 방식으로 파생되어 나가고 있다. 모던재즈도 시대를 달리하며 프리재즈, 컨템포러리재즈, 월드 음악에 이르기까지 새로운 장르의 진화를 거듭하고 있다.

앞으로 나아가고 자유로움을 추구하기에 흐름에 역행하고 끊임없이 변주되어야 하는, 끝을 향한 과정. 이것이 바로 영화와 재즈의 운명이다.

고다르의 유언, 영원한 미완으로 시작되는 '그리고'

2년 전 심고우리 감독의 〈장 뤽 고다르 다큐멘터리〉를 보고 나서 놀랐던 건 감독이 카메라 앵글을 향해 보내는 시선이었다. 나는 그런 시선을 본 적이 없다. 혼자 있을 때의 편안한 시선, 아무것도 염두에 두지 않은 자연인으로서의 시선(심지어 촬영 도중에 오는 전화도 받는다), 그것은 사물을 오랫동안 진지하게 바라본 사람만이 가질 수 있는 시선이다.

그가 인터뷰에 답하는 말들은 간결하면서도 심오했다. 일상적이면서도 간과할 수 없는 것들이었다. 어둠 속에서 필사적으로 받아 쓴 글자들은 영화가 끝난 뒤 알아볼 수도 없는 낙서가 되었지만 괜찮다. 나는 그의 '시선'을 선물로 받았으니까. 또한 고다르는 유언에서 우리에게 영원한 미완으로 시작되는 말, '그리고'를 남겼다. 과거와 현재와 미래가 여기 '그리고'에 있다는 듯이.

연주가 마음에 들지 않는 날이면 나는 연습 대신 로베르 브레송의 노트를 읽는다.

촬영이 혐오스럽게 느껴지고 수많은 장애물 앞에서 지치고 무기력해진 최근의 끔찍한 나날들도 내 작업 방식의 일부를 이룬다.

천년 달빛에 젖은
재즈

公無渡河 公竟渡河 墮河而死 當奈公何
공무도하 공경도하 타하이사 당내공하

님아 물을 건너지 마오
님은 물을 건너셨네
물에 쓸리어 가신 님을 어이하나

《해동역사》에 설화와 가사가 함께 전해지는 〈공무도하가〉는
고조선시대에 창작된 현존하는 가장 오래된 서정 시가다. 뱃사
공인 곽리자고가 물에 뛰어든 백수광부와 (슬픔에 잠겨 노래를 부른
뒤 남편을 따라 죽은) 아내의 노래를 여옥에게 들려주자 공후를 타
며 노래를 불렀다는 내용이다.

파리에 쏟아져 내려온 천년 전 한국의 노래들

〈공무도하가〉는 '코리안 포에틱 재즈'(임미성 콰르텟)의 첫 음반 《바리공주》의 수록곡이기도 하다. 이 음반에는 〈공무도하가〉와 함께 가장 오래된 서정시가 중 하나인 유리왕의 〈황조가〉와 한국 최초의 4구체 향가인 백제 무왕의 〈서동요〉, 한국의 원형 신화를 다룬 〈바리공주〉, 〈당금애기〉, 〈원앙부인〉 그리고 〈아리랑 변주곡〉과 황진이의 〈청산리 벽계수〉 등 조선시대의 시조 한두 곡을 제외하고, 고대 시가와 신화를 배경으로 한 곡들이 대부분이다.

그렇다면 기원전에 불리던 고대 시가들이 어떻게 재즈와 만날 수 있었을까. 고대 시가의 레퍼토리로, 그것도 한국이 아닌 파리에서 녹음했으니 더욱 낯설게 느껴질 것이다. 이 음반 작업은 파리에서 공연할 때마다 고민했던 음악적 정체성을 예전부터 심취해온 고전문학과 접목하면 어떨까 하는 고민에서 시작되었다. 무엇보다도 세계적인 재즈 피아니스트 보얀 Z Bojan Z에게 남다른 재능을 인정받은 허성우(재즈 피아니스트이자 '코리안 포에틱 재즈'의 공동 리더)의 작곡이 아니었다면 이 음반은 세상에 나오지 못했을 것이다.

나는 공연을 마칠 때마다 파리 관객에게 한국어 가사가 어떻게 들리느냐고 묻곤 했는데 놀랍게도 그들의 반응은 거의 비슷

'코리안 포에틱 재즈'의 첫 음반
《바리공주》

했다. "뜻은 모르지만 무척이나 아름다운 말인 것 같다"는 것이다. 그리고 "한국 고유의 정서가 느껴져 더욱 좋았다"라는 반응도 적지 않았는데 바로 이런 말들이 음반을 만드는 열정에 불을 지펴주었다. 재즈의 형식은 컨템포러리인데 가사의 내용이 천년을 거슬러 올라가니 그야말로 고대와 현대가 시공을 초월해 어우러지는 마법의 춤이 된 것이다. 〈공무도하가〉를 듣고 감동한 당시 최준호 프랑스 한국문화원장의 적극적인 추천으로 세계 재즈 페스티벌에 한국 대표로 참가하는 행운을 누리기도 했다.

우리가 위로받아야 하는 시원의 세계

신화나 설화를 다루다 보니 공부할 것이 한두 가지가 아니었다. 논문을 쓰는 심정으로 신화를 처음부터 다시 공부하기 시작했는데 고대의 신화가 현대의 삶과 연관되어 있음을 다시 한번 깨닫고 적잖이 충격을 받았다. 우리가 위로받아야 하는 것은 그동안 잊고 있었던 저 시원始原의 세계였던 것이다.《삼국유사》에 실린 〈서동요〉는 백제 무왕과 신라 진평왕의 셋째 딸인 선화공

192

주의 사랑 이야기로, 무왕과 왕비(선화공주)가 절에 가던 중 미륵 삼존상이 연못에서 솟아 나와 이를 모시기 위해 미륵사를 창건 했다는 설화가 있다. 설화는 꾸민 이야기가 혼재된 경우가 많아 가설인 경우도 있으나 중요한 것은 상징이 내포하는 판타지다.

이런 이유로 〈서동요〉나 〈당금애기〉, 〈바리공주〉의 가사들은 원문 그대로 한자나 고어로 부르고 있다. 상징적인 가사로 인해 연주자들이 시공간을 넘는 판타지를 경험하게 되면서 자연스러 운 앙상블이 이루어진다. 한국신화의 대표적인 신이자 영웅인 바리공주는 아들이 아니라는 이유로 버려진 딸이었으나 불치병 에 걸린 아버지(오구대왕)를 살리기 위해 온갖 고행을 견디고 지 옥의 강을 건너 약수를 구해오는 효심을 보인다. 죽었다가 부활 한 오구대왕이 나라의 절반을 주려고 하자 바리공주는 저승에서 슬프게 죽은 사람들을 인도하는 신이 되겠다며 떠난다. 이 버려 진 공주가 바리공주이자 버려진 아이인 바리데기이며, 지금까지 전승되어 온 오구굿에서 서사무가로 불리는 구비문학이다.

바리데기와 함께 서사무가로 전승된 무속신화 〈당금애기〉는 오래전부터 정겹게 느껴지는 바로 그 '삼신할미'다. 설화에 나오 는 당금애기는 인간으로 태어나 모든 고난을 이겨내고 삼형제를 키워내 마침내 삼신이 되고, 그 아들들은 농경 생산을 담당하는 제석신이 된다. 〈당금애기〉 후반부 연주자들과 함께 유니즌으로 부르는 후렴구인 "에히야 장애여흥"은 전통사회에서 인내와 희생으로 삶을 승화시킨 모든 어머니를 위한 오마주다. 또 하나의 원형신화인 〈원앙부인〉은 불교 보살들의 전생을 다룬 〈안락국태자경安樂國太子經〉에 수록된 등장인물로 여자의 한을 풀어주는 관세음보살이다. 원앙부인은 최초의 무당이라고 알려져 있으며 꽃의 형태로 모셔진다고 한다. 모든 이에게 미소를 짓게 하는 이 꽃은 원한과 슬픔을 달래주는 사랑과 자비의 상징이다.

"신들은 우리 주위의 자연 에너지를 의인화한 것"

신화에서 쓰이는 비유와 상징은 시간과 공간을 초월하며 즉흥적으로 변한다. 신화의 특징인 탈바꿈의 법칙으로 인해 스토리의 골격을 갖추되 전개 과정은 늘 변형이 가능한 것이다. 그러므로 신화는 구비 전승의 형식을 통해 재즈처럼 변주될 수밖에 없는 운명이다. 모든 음반 곡도 마찬가지지만 특히 1집에 수록된 곡들은 연주할 때마다 곡의 톤과 컬러가 달라지는데 이는 사랑과 고통, 탄생과 죽음, 선과 악을 상징적으로 함축하고 있는 고대 신화(설화)의 가사에 컨템포러리한 곡의 형식이 구조적으로 완벽하게 앙상블을 이루고 있기 때문이다.

'…우리 내면 깊은 곳에 우리가 알아차릴 수 있는 사물의 진수가 있다는 것은 의심할 바 없는 사실이다. 자연 안에는 늘 내면이 존재해왔다. 우주에 있는 사물에는 내면이 있기 때문에 모든 시공간의 영역에는 이중적인 측면이 있다. 인간의 영혼은 자기가 태어나고 자란 우주에서 분리될 수 없다. 우리는 산산이 흩어져 있는 부분들을 열심히 모아야만 한다. 바다의 여러 층위에 흩어진 물질을 모으는 해초처럼, 수많은 꽃을 돌아다니며 꿀을 만드는 벌꿀처럼.'

고생물학자인 피에르 테야르 드 샤르댕Pierre Teilhard de Chardin의 이 우주적 시선은 "신화의 신들은 우리 주위의 자연에 있는 에너지들을 의인화한 것이다"라고 말한 조지프 캠벨의 명언과 닮아 있다.

비교신화학자인 조지프 캠벨Joseph Campbell은 어릴 적 들었던 인디언 민담과 아서왕 전설의 많은 부분이 일치한다는 것을 발견하고 세계의 신화를 깊이 연구한다. 그는 금강경, 인도 신화에도 관심을 두게 되면서 신화의 원형, 신화적 인물 탐구에 힘을 기울인다. 《천의 얼굴을 가진 영웅》, 《신화의 힘》, 《신화와 함께 살기》, 《신화와 인생》 등 방대한 연구 자료로 펴낸 그의 저서들은 스테디셀러로 많은 독자에게 사랑받고 있을 뿐만 아니라 모든 분야의 예술가들에게 여전히 큰 영향을 미치고 있다.

스타워즈의 감독 조지 루카스는 대본을 만들 때 항상 조지프 캠벨의 책들을 읽었고, 매트릭스의 워쇼스키는 캠벨이 제시한 '영웅의 여정'의 형식을 그대로 따라 했다고 한다. 대중의 꿈은 신화에서 다시 영화로, 영화에서 재발견된 신화로 이렇게 순환

되고 있다. 이것이 신화가 가진 지속성과 연대감의 힘이다.

'코리안 포에틱 재즈'의 고전문학 프로젝트는 고대 설화에 등장하는 연인들의 사랑과 이별이, 자식과 남편을 위해 자신을 희생한 여인의 삶이, 오늘을 살아가는 현대인의 삶과 긴밀히 연결되어 있음을 인식하는 것에서 시작되었다. 신화와 재즈는 '스토리의 재해석'이라는 공통의 핵심이 있어서 작업을 하다 보면 문득 연대감 속에 깃든 무의식 속 원형과 만날 때가 있다. 그러나 그것도 잠시, 재즈의 즉흥처럼 그것은 매 순간 창조되고 소멸되어버린다. 조지프 캠벨의 말처럼 신들의 현시는 편재하고 있지만 우리의 눈이 열리지 않아 못 볼 뿐이고, 우리의 눈을 열어주는 것이 상징이지만 여전히 그 상징의 의미를 이해하기란 쉽지 않다. 그러나 분명한 것은 신화의 강력한 상징이 우리에게 진실을 전달하려는 의도를 지녔다는 점이다.

신화에 대한 칼 융의 해석은 심오하면서도 간결하다.

"신화란 모든 사람이 언제 어디서든 믿는 것이다. 그러니 신화 없이 또는 신화에 속하지 않고 살 수 있다고 생각하는 사람은 매우 예외적이다. 그는 내면에 존재하는 과거나 선조들의 삶 또는 자신이 속한 사회와 진정으로 연결되어 있지 않거나 뿌리가 없는 사람이다."

귀환하는 영웅의 여정에는 은유가 필요하다

현대사회의 신화는 스토리텔링이라 해도 과언이 아니다. 지금은 제품이 아니라 그 제품이 어떤 스토리를 갖고 있느냐가 중요하다. 스토리가 브랜드 이미지에 미치는 영향이 점점 커지고 있기 때문이다. 드라마, 영화, 소설에 이르기까지 거의 모든 스토리는 신화에서 모티브를 가져온다. 스토리 전쟁이 치열해질수록 신화는 더욱 빛을 발한다. 예전 신화로부터 단절된 우리 자신이 우주의 경이로움을 다시 받아들일 수 있는 시간이 다가오고 있다.

조선조의 이념에서 중요한 개념으로 다루어진 '경건'은 모든 사물을 경건한 마음과 존중하는 마음으로 대하는 것이었다. 경건한 마음으로 반복되는 삶을 경이롭게 바라볼 수 있을 때 캠벨이 제시한 새로운 신화(현재의 시점에서 시적으로 갱신되는 신화)를 쓸 수 있다. 이것이 그가 말한 '희열을 따르는 삶'이다. 우리는 때로 영웅들의 보호자인 여신 아테나, 사랑의 지원자인 여신 락슈마, 혹은 인내의 여신 바리공주가 될 수도 있다. 우리는 매일의 삶에서 때로는 멘토를 만나고 혹은 실망하며 두려움을 극복해야 하는 순간을 맞이하고, 시험을 보고, 고난을 이겨내고, 보상을 받고 귀환하는 영웅의 여정을 이미 살고 있는지도 모른다.

잊지 말아야 할 것은 은유다. 은유 없이는 초월의 세계, 판타지를 결코 경험할 수 없다. 그리고 그 판타지는 모두의 것이다.

성배로 향하는 열쇠는 공감

다른 사람의 슬픔을 마치 여러분의 것인 양

느끼고 또 같이 고통받는 것이다.

공감의 위력을

깨달은 사람은

성배를 발견한 사람이다. (조지프 캠벨)

봉선화 꽃잎,
재즈로 피어나다

16세기 조선의 한 어린 소녀가 지은 상량문이 세상을 깜짝 놀라게 했다.

'구름에는 빛과 모양의 경계를 넣었고 비단 기둥은 하늘로 솟구쳤다.'

여덟 살 나이에 이 문장을 내놓을 정도로 비범했던 소녀는 12세에 조선 최고의 문장가들과 교류하기 시작하며 훗날 명나라 문인들이 가장 구하고 싶어 하는 '시집'을 남긴다. 바로《홍길동전》의 저자 허균의 누이인 허난설헌이다. 지금까지 전해지는 우리나라 최초의 여성 시집《난설헌집》은 허균의 오랜 작업으로 빛을 보게 되었다. 본명은 '허초희'로 전해지는 허난설헌은 조선 시대의 천재 여류 시인이었다. 아버지 허엽은 딸의 재능을 알아보고 아들과 동등하게 학문을 가르쳤는데 이는 남성 중심 사회였던 조선시대에는 이례적인 일이었다. 뿐만 아니라 서경덕에게 수학한 허엽이 모아둔 도교 관련 서적을 통해 허난설헌은 신선 세계에 대한 상상력을 마음껏 펼쳐 나가며 이미 7세에 한시의 규칙과 운율을 자유롭게 다룬 유선시遊仙詩(신선의 세계를 그린 시)를 선보였다. 허균은 난설헌의 유선시를 읽으며 "참으로 선녀의 글재주다. 이 같은 글재주는 배워서 그렇게 될 수가 없다. 대체로 이태백이 남겨둔 글이라 할 만하다"라고 감탄했다고 한다. '하얀 눈 속에 피어난 난초'라는 당호처럼 고고한 기품을 지녔으나 그녀의 운명은 춥고 외로운 것이어서 결국 봄을 맞이하지 못했다.

15세에 결혼했고 27세에 생을 마친 허난설헌의 삶은 눈물 마를 날이 없었다. 남편과의 불화, 자녀들의 죽음, 시어머니의 모진 대우 속에서도 유일하게 그녀를 구원한 것은 시詩였다. 그녀는 현실의 모든 고통과 슬픔을 시로 승화시켰다. 자식을 잃고 쓴 시 〈곡자哭子〉에서는 '지난해에는 사랑하는 딸을 잃었는데 올해에는 사랑하는 아들까지 잃었구나. 슬프디 슬픈 광릉 땅에 두 무덤이 나란히 마주 보고 서 있구나…'라는 구절로 그들이 저세상에서라도 서로 의지하기를 염원하며 눈물을 삼키는 어머니의 마음을 담아내었다.

〈규원가閨怨歌〉에서는 가부장제의 감옥에 갇혀 재능을 펴지 못하는 조선 여성의 한 맺힌 심정이 그대로 전해진다.

규중 여인의 인생이란 그저 꺾인 꽃 한송이
하늘을 우러러 울부짖어도 응답은 돌아오지 않고
붉은 비단 치마에 어린 눈물
잊힌 이름은 저 달빛 아래 흐르네.

그녀는 가난하고, 평등하게 대접받지 못하는 이웃들에 대해서도 관심을 기울이며 사회 비판도 멈추지 않았다.

동쪽 집 세도가 불길처럼 드세고
높다란 집에서 풍악 소리 울릴 때
이웃들은 가난으로 헐벗으며
주린 배를 안고 오두막에 있었다오.

허난설헌은 이렇게 자신의 운명과 닫힌 시대와 싸우면서 자신만의 세계를 펼쳐 나갔다. 시대를 앞서간 천재 시인은 27살에 저물어갈 자신의 운명마저도 시로써 예견했다.

푸른 바다가 옥구슬 바다를 적시고
푸른 난새는 오직 난새에 어울리네
아리따운 부용꽃 스물일곱 송이
붉게 떨어지니 서릿달이 차갑구나.

허난설헌에게는 세 가지 한이 있었다. 조선에서 태어난 것, 여자로 태어난 것, 그리고 김성립과 결혼한 것. 이 세 가지 상황이 허난설헌의 천재적 재능과 예술적 감각, 시적 상상력을 가로막는 커다란 장벽이 되었으나 허난설헌은 포기하지 않고 그녀의 시에 여성의 삶과 애환, 사랑과 이별, 자연과 인생, 덧없는 삶에 대한 슬픔과 무상함, 아름다움, 그리고 현실의 불가능한 꿈을 신선의 세계로 수놓으며 자신을 완성해 나갔다.

아이들을 잃고 난 후 뱃속 태아마저 잃고, 아버지 어머니의 연이은 죽음까지 겪어야 했던 말할 수 없는 고통 속에서도 시 쓰기를 멈추지 않았다. 그녀의 재능은 단순히 문학적 아름다움을 넘은 것이었다. 시를 통해 조선시대 여성의 한계를 극복한, 시대를 초월한 메시지를 다룸으로써 조선시대 여성 문학의 새로운 지평을 열었다. 또한 자신의 정체성, 사랑, 이별, 슬픔, 희망, 꿈, 인간의 고뇌 등 삶의 근본적인 질문을 다룬 시는 시대에 대한 반항이기도 했다.

이러한 이유로 조선에서는 가혹한 평가를 받았으나 중국에서는 "허난설헌의 시는 마치 하늘에서 흩어져 떨어지는 꽃처럼 많은 사람들에게 회자되었다"는 찬사를 받았다. 그리고 수 세기가 지난 지금도 여전히 중국에서 널리 읽히고 있다.

운명처럼 다가온 영원한 이상에의 동경

내게 허난설헌은 각별한 인연이 있다. 예전에 허난설헌의 시 〈채련곡采蓮曲〉을 재즈로 연주했었고. 이번에는 〈염지봉선화가染指鳳仙花歌〉를 싱글 음반으로 녹음했기 때문이다.

이번 작업을 하면서 허난설헌의 시가 그 어느 때보다 깊이 다가온 것은 운명인가 싶은 마음이 들었다. 조선은 물론 중국에서도 유선시를 지은 작가는 허난설헌이 유일하다는데 신선들이 노니는 세계를 그린 그 '마술적 상상'이야말로 찰나적인 것 아닌가. 푸른빛과 노란빛을 시에 자주 등장시킴으로써 풍부한 색채감을 표현한 것이라든가 꿈속에서 지은 그녀의 '유선시'는 찰나를 스쳐 지나가는 불안한 감각에 의한 '초월적 세계'였다. 그녀의 모든 시는 내면화된 고통이 언어의 리듬으로 거듭나며 저항과 초월을 넘나들고 있었다. 그녀는 모성의 애도와 상실을, 억압된 여성의 현실을 시적 언어로 발화시켰다. 희망을 향한 그녀의 삶은 결코 멈춘 적이 없었다. 그것은 신선 세계에 대한 끊임없는 추구, 영원한 이상에 대한 동경이었다. 마치 시인 이상이 새가 되어 날고 싶은 꿈을 꾼 것처럼.

무엇보다 허난설헌의 시에 내재된 듯한 재즈적 본질(즉흥 안에 담긴 치밀한 자기 절제)은 고전 한시라는 엄격한 형식 안에서도 절제된 감정의 이면을 즉흥적으로 분출하고 있다는 점이다. 조선 시대 여성들은 이름이 없는 경우가 많았는데 '초희'라는 이름도

(개방적인 가풍으로) 시대를 앞서간 하나의 상징이라고 할 수 있다. 허난설헌의 작품이 지속적으로 연극, 발레 등 다양한 장르에서 소재로 다루어지는 것은 고통의 삶을 역동적인 문학으로 승화시켰기 때문일 것이다.

문학으로 이해한 재즈의 본질

16세기에 조선에 허난설헌이 있다면 20세기 미국에는 토니 모리슨이 있었다. 허난설헌에게는 가부장제가 감옥이었다면 토니 모리슨Toni Morrison에게는 백인 중심 사회가 운명의 족쇄였다. 어린 자식들과 사별한 허난설헌의 상처는 토니 모리슨이 흑인 여성으로서 겪은 불평등의 상처였다. 그러나 두 사람 모두 침묵을 언어로 활용했고, 문학을 통한 저항이 무엇인지를 보여주었다. 그 둘에게는 상실을 언어화한 애도의 언어가 존재했다. 토니 모리슨은 "나의 글쓰기는 즉흥적인 창조이면서 긴 호흡의 서사적 구조에 깊이 뿌리내리고 있다"고 말하며 자신의 글쓰기 과정을 재즈에 비유했다.

그녀의 소설《빌러버드》에서는 여러 인물의 내면 독백이 외부 시점으로 다루어진다. 하나의 서술이 다른 서술을 유도해 다층적 리듬감을 보여주기도 한다. 마치 긴 음표가 짧고 날카롭게 끊기는 것처럼 언어의 리듬과 호흡이 소설 속에서 종횡무진한다. 그녀의 다른 소설《Jazz》는 재즈를 주제로 한 것이 아니라 글

204

쓰기 자체가 재즈의 형식과 감정 구조를 그대로 닮았다는 점에서 그녀만의 세계를 엿볼 수 있다. 소설 속에서 시간은 파편적으로 흐르며 서술자의 감정을 밀고 당기기도 한다. 토니 모리슨은 재즈의 본질을 문학으로 이해한 것이다. 허난설헌은 평범한 여성의 삶을 다룬 〈규원가〉를 통해 사회적 금기를 넘어선 감성의 발화를 시도하고 있다. 이는 보이지 않는 사회적 질서에 균열을 일으키는 감정의 즉흥성을 보여주는 것이며, 절제된 감정의 이면을 즉흥적으로 분출하는 일종의 '소리 없는 즉흥연주'다.

이렇게 서로 다른 문명과 시대에서 두 사람은 언어화되지 못한 존재가 어떻게 말할 수 있는지를 보여준다. 그들 모두는 주변화된 주체였고, 내면화된 고통이 있었으며 문학을 통해 저항과 초월을 보여주었다. 조선의 허난설헌은 조선 여성 문학의 선구자가 되었고, 미국의 토니 모리슨은 흑인 여성으로서 처음 노벨상을 수상하며 미국 문학뿐만 아니라 세계 문학사를 빛낸 작가로 남았다. 마침내 아름다운 저항을 끝낸 그들은 세상을 비추는 별, 아니 몽유도원을 걷는 신선이 된 것이다.

기다림과 소멸의 미학 공유하는 봉숭아 물들이기와 재즈

〈염지봉선화가〉는 앞서 언급한 것처럼 이번에 녹음을 마친 허난설헌의 시다. 조선시대 여성들의 봉숭아 물들이기 문화는 단순히 손톱에 물을 들이는 미용 문화가 아니었다. 여성끼리 모여 함께하는 공동의 의식이었다. 그들은 봉숭아를 서로의 손톱에 물들이며 감정을 공유하고, 연대감과 함께 정서적인 해방을 느꼈다. 꽃잎이라는 자연, 봉숭아 물이 들 때까지 정성을 들이는 시간, 그리고 봉숭아 물이 첫눈이 올 때까지 지워지지 않으면 첫사랑이 이루어진다는 말과 사랑하는 이를 기다리다 죽어서 꽃으로 피어났다는 설화. 기다림과 소멸의 미학, 바로 이것이 재즈로 시도될 수 있는 두 가지 키워드였다.

붉은색은 생명, 열정, 사랑과 절제된 욕망을 보여주는 색이다. 그 작은 손톱 하나에 이처럼 이야기가 가득 담겨 있다니 얼마나 놀라운 일인가. 풀이된 가사를 읽어보면 너무나 곱고 예쁘다.

금화분 붉은 꽃잎에

저녁 이슬 맺히면

어여쁜 아기씨

붉은 손가락

붉은 별 같은 손톱

거울에 비춰보면

봉숭아 꽃잎 놀라

떨어질 듯하네.

아직 믹싱과 마스터링의 과정이 남아 있어 작업이 더 필요하나 전반적인 앙상블이 잘 이루어진 것 같다. 첼로, 바이올린의 푸가와 대금의 산조가 넘나드는 절묘한 사운드는 작곡가(허성우)의 오랜 고민이 낳은 쾌거였다. 이제 머지않아 출시될 〈염지봉선화가〉의 선율이 듣는 이의 마음에 곱게 봉숭아 물을 들이는 시간이 되길 바란다.

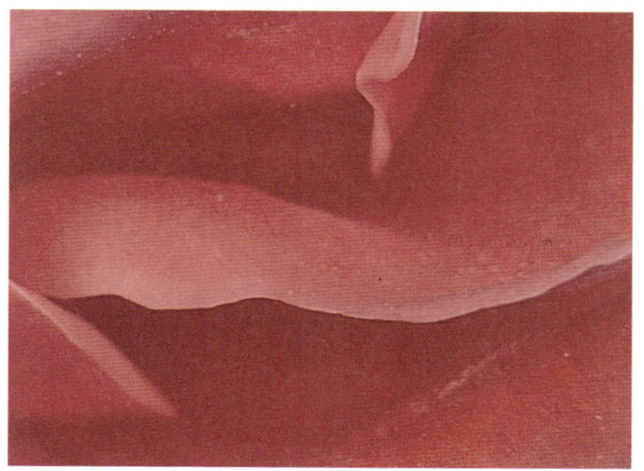

재즈 보컬은 클래식 성악과 어떻게 다른가요?

악보의 완벽한 재현을 중시하는 성악과 달리
재즈 보컬은 즉흥성과 개성 있는 재해석을
가장 중요하게 여깁니다.
목소리가 거칠거나 작아도 그 자체로 유일무이한 톤이 되며
감정과 숨소리까지 노래의 일부가 됩니다.
주어진 곡을 나만의 호흡과 세계관으로
다시 창조해내는 것이 재즈 보컬의 본질입니다.

5

나만의 엇박자로
걷는
우아함

더 가볍고 자유롭게
'알렉산더 테크닉'

조지 버나드 쇼George Bernard Shaw는 처음으로 설립한 자신의 극장에 다음과 같은 현판을 내걸었다.

'알렉산더, 심장병을 치료하다'

그는 오랫동안 구부정한 자세로 글을 썼던 습관으로 80세에 심장병을 앓게 되는데 F. M 알렉산더를 찾아가 테크닉을 배우고 건강을 회복하게 되자 감사의 마음을 현판으로 대신한 것이다. 그는 이른바 '알렉산더 테크닉'을 배우고 나서 "키가 7센티미터 크고, 어깨가 5센티미터 넓어져 맞는 옷이 없다"고 해 사람들을 놀라게 했다.

"잘못된 것을 그만두면 올바른 것은 저절로 이루어진다"는 알렉산더의 철학을 삶에 그대로 적용시킨 버나드 쇼는 알렉산더 테크닉을 배운 지 고작 3주 만에 1킬로미터 이상을 걷고, 수영도

할 수 있게 되었으며, 그 이후로도 죽을 때까지(14년) 건강을 유지했다고 한다.

눕고 앉고 걷는 일상의 동작과 자세를 주시하라

프레데릭 마티아스 알렉산더Frederick Mathias Alexander는 1869년 호주 태즈메이니아 출신으로 병약한 체질로 태어났지만 농촌 활동과 함께 사냥과 승마를 즐기는 어린 시절을 보낸다. 유난히 독서를 좋아했던 알렉산더는 셰익스피어에 심취해 연기와 발성 공부를 시작하면서 건강 악화로 요양하기도 했다. 이후 건강을 회복하고는 극단을 결성해 배우이자 제작자로, 셰익스피어 전문 낭송가로 활발한 활동을 이어간다. 그러나 무대에서 낭송할 때 목소리가 쉬어 나오지 않는 상황이 자주 일어나고, 공연이 끝나면 말을 할 수 없는 상태에까지 이르렀다.

알렉산더는 목소리를 치료하기 위해 많은 의사를 찾아다니며 약물치료, 음성전문가의 치료와 운동도 했지만 목소리가 쉬는 원인을 찾아내지 못해 실망한다. 결국 스스로의 힘으로 치유하겠다고 결심한 그는 3면에 거울이 있는 방을 만들어 낭송하는 자기 모습을 관찰하기 시작하는데 10년간이나 지속된 집요한 관찰은 마침내 그동안 그가 가지고 있던 문제들을 해결해주었다. 거울을 통해 동작이나 자세가 목소리에 얼마나 큰 영향을 미치는지 깨닫게 된 것이다. 예를 들면 구부러지는 척추, 뒤로 젖힌

목으로 인해 호흡과 발성이 나빠질 수도 있다. 사람들이 오랜 습관이나 자세에 익숙해지면 (건강에 좋지 않은 것임에도 불구하고) 편하다고 느끼게 되는데, 이것이 바로 감각기관이 잘못 받아들이고 있는 '감각 인식의 오류'임을 발견했다.

또 지나친 목표 의식은 몸의 근육을 긴장시키고 결과적으로 통증과 스트레스로 나타날 수밖에 없기에 의도를 놓아버려야 한다고 주장했다. 이와 같은 치료법에 깊은 감명을 받은 시드니 의사들의 추천으로 알렉산더는 런던 의학계에 알려진다.

발성에 문제가 있는 배우들의 치료를 시작으로 점차 성공을 거둔 알렉산더는 미국으로 건너가 미국의 교육가이자 철학가인 존 듀이와 만난다. 타자기를 가슴에 얹고 작업해야 할 만큼 만성 소화불량에 시달렸던 존 듀이는 25년 동안 알렉산더의 학생으로서 알렉산더 테크닉을 통해 건강을 되찾고 이에 관한 책을 써서 세상에 알린다.

알렉산더는 일상에서 등을 펴고, 턱을 당기고, 눕고, 앉고, 서고, 걷고, 달리는 모든 일련의 동작과 자세를 연구했다. 그 결과 건강과 삶의 질과도 연관이 있음을 수많은 환자를 치료하면서 증명했다. 알렉산더 테크닉에 중요한 것은 판단하지 않기(non-judgement)와 하지 않기(non-doing), 자제하기(Inhibition)이다. 이 과정을 통해 자신과의 소통이 원활해지면 스스로를 치유할 힘이 생기기 때문에 예술 분야나 스포츠 외에도 모든 것에 적용할 수 있다고 한다.

알렉산더는 '몸은 살아 있는 생명을 스스로 운영하는 지성체이며, 몸이 자연 그 자체'임을 보여주고자 평생의 노력을 기울였다. 머리를 숙이고 걷는 것, 짝발로 서 있는 것, 다리를 꼬고 앉는 것 등 무의식적인 반복 행위들이 통증을 가져온다는 사실을 알았다. 이런 동작을 멈추기가 어려운 것은, 오랜 습관으로 몸에 밴 동작들이 편하게 느껴지기 때문이다. 목표를 달성하기 위해 지나치게 집중하면 몸의 근육들이 과도한 긴장으로 경직되고, 이는 혈액순환에 장애를 일으키는 원인이 된다는 사실을 알아차리기란 쉽지 않다.

알렉산더는 '가장 가치 있는 지식은 자기 자신을 다루고 사용하는 것'이라고 하는데 이는 깊은 통찰로 오랜 시간 노력해야만 얻을 수 있는 지식이다. 알렉산더 테크닉이 130년을 넘어 지금도 전 세계에서 활발히 전해지는 이유는 '자세를 고치는 게 목적이 아니라 항상 지금보다 가벼워지고 자유로워지는 움직임을 추구'하는 데 의미를 두고 있기 때문이다.

포기하고, 멈추고, 그리고 자세를 바로잡으면

나는 오래전 책을 통해 알렉산더 테크닉을 처음 알게 되었는데, 관련 서적들을 꾸준히 읽으며 책의 내용을 실생활에 적용했다. 그러자 동작이나 자세에 대한 습관이 조금씩 개선되기 시작했다. 노래할 때 자세나 동작이 목소리와 긴밀히 연결되어 있음도 다시금 깨닫게 되었다.

이번에 녹음하는 싱글 음반 곡은 콘트라베이스와 유니즌으로 함께 부르는 노래인데 베이스 소리에 묻히면 안 된다는 강박감 때문이었는지 저음이 잘 나오지 않았다. 소리가 나는가 싶으면 풍성한 울림이 부족했다. 작곡자인 피아니스트는 음을 조금 올려도 된다고 했지만 그렇게 되면 테마의 컬러가 달라지기 때문에 나는 (사실 여성 보컬이 부르기에는 무리인) 극강의 저음을 고집했다. 연습량이 문제가 아니었다. 평소 음역보다 더 낮추다 보니 노래할 때 긴장과 함께 불편한 느낌이 들었다.

결국 내게 필요한 것은 이완, 그리고 또 이완이었다.

나는 편한 마음으로 목표를 다시 정했다. 마지막 리허설에 저음이 제대로 안 나오면 보컬을 뺀 연주곡으로 바꿀 것. 이렇게 정하고 나니 마음이 한결 편해졌다. 베이스음을 억지로 내는 느낌이 들면 주저 없이 멈췄다. 아침에 일어나자마자 피아니시모로 베이스 음을 부르며 거의 들리지 않을 정도가 될 때까지 호흡을 길게 내쉬었다. 무리한 연습 대신 몸에 긴장이 가지 않도록 모든 동작과 자세를 관찰하는 데 주력했다. 소리내기에 편안한 상태가 되었는지를 자주 체크했다. 자세가 바른지, 발바닥에 힘을 주고 서 있는지, 무릎을 붙이고 앉는지, 호흡이 가라앉아 있는지,

마음이 고요한지 등등, 그리고 스트레칭의 횟수를 늘렸다.

그러자 서서히 몸이 이완되는 것이 느껴지면서 저음이 편안히 나오기 시작했다. 무리하지 않고 목표에 대한 지나친 기대를 버리니 소리가 반응한 것이다. 한번 제대로 나온 소리는 어느 상황에서도 나오기 마련이다. 드디어 마지막 리허설. 그렇게 애를 써도 나오지 않던 저음이 한결 편안해진 깊은 소리로 나오기 시작했다. 녹음해서 들어보니 내가 도달하고자 한 소리에 거의 다 다랐다. 아직 도착은 아니지만 이제야 저음을 자유롭게 활강하며 리듬을 탈 준비가 된 것이다.

폴 뉴먼, 헉슬리, 틴베르헌이 주목한 만병통치 테크닉

파리 유학 시절 '무대연출'이라는 수업이 있었는데 돌이켜 생각해보니 교수님이 가르쳤던 것은 일종의 알렉산더 테크닉이었다. 무심히 바라보기, 팔을 늘어뜨리기, 춤추듯 걷기, 다양한 표정 짓기, 성급히 걷다가 천천히 걷기, 가슴을 활짝 펴기, 똑바로 앉거나 서 있기, 슬로우 모션으로 움직이기, 팔을 위로 쭈욱 뻗기 등. 이런 다양한 동작을 순서대로 한 사람씩 무대에 올라가 보여줘야 했는데 그때 처음으로 느꼈던 것은 긴장하면 몸의 근육들이 순간적으로 굳고, 나도 모르는 사이 얼굴에 힘을 잔뜩 주게 된다는 사실이었다.

사실 '무대연출' 교수님은 배우 출신이었다. 그러니 자연스럽게 알렉산더 테크닉을 가르쳤을지도 모른다. 올여름 내가 경험한 작은 기적은 오래전 잊혔던 수업의 소환, 말하자면 '다시 기억하기'의 과정이었다. 자연스럽고 편안한 저음을 내기 위해 전력을 다한 것은 (모든 습관과 판단을) 멈추기, 버리기, 놓아주기, 자제하기였다.

배우 폴 뉴먼은 알렉산더 테크닉을 배우고 오랫동안 지속되어 온 요통과 불면증을 개선하고 깊은 잠을 잘 수 있게 되었다. 《멋진 신세계》의 작가 올더스 헉슬리는 "알렉산더 테크닉은 '완전히 새로운 교육법'이며 지성적, 도덕적, 영적 측면에 확실한 효과를 준다. 인간을 더욱 나은 존재로 변화시키고자 한다면 이 이상의 교육법은 없다"고 확신하면서 알렉산더를 소설의 등장인물로 그려내었다.

노벨 생리의학상 수상자인 니콜라스 틴베르헌은 알렉산더 테크닉으로 고혈압, 수면 및 호흡 문제를 개선할 수 있으며 스트레스에 대한 면역력을 높일 수 있다는 사실을 발표했다. 알렉산더와 치유의 관점을 똑같이 바라본 사람인 해부학자 아이다 롤프는 "모든 생명 경험의 핵심은 움직임이며, 몸이 올바르게 움직일 때 중력의 힘이 올바르게 흐를 수 있다. 그러면 자연히 몸은 스스로 치유한다"라고 주장했다. 이는 잘못된 자세와 습관이 통증을 유발한다는 알렉산더의 말을 동시에 상기시킨다.

핸드폰 중독 시대에 더욱 불태워야 할 것들

바르게 움직이기 위해서는 자신을 관찰하고, 자각하고, 자제하며, 인지하는 과정들을 지속적으로 반복해야 한다. 인류가 점점 더 목표지향적으로 되어갈수록 인간의 자세는 이상한 방식으로 바뀌어 갈 것이라는 알렉산더의 예언은 결국 적중했다. 아이다 롤프는 현대사회는 같은 근육을 오랜 시간 쓸 수밖에 없는 굴곡에 중독된 사회(Flexion-addicted Society)라고 발표했다. 오랜 시간 폰을 들여다보면 몸 전체가 기우뚱해지면서 몸이 틀어지고, 이는 집중력 저하와 만성 통증을 유발한다. 기울어진 몸은 염증과 스트레스를 가져오며 오래 방치되면 정신적 육체적으로도 균형이 무너질 수 있다. 고대 철학자들은 척추와 머리의 균형을 통해 정신과 몸이 하나임을, 고대 중국 의학에서는 자세와 걸음걸이와 인품과의 관계에 따른 바른 자세의 중요성을 강조하였다.

'소나무처럼 서고, 종처럼 앉으며, 바람처럼 걷고, 활처럼 누워라.' (소나무처럼 곧게 서면 폐와 인내심이 강해지고/무릎을 꿇고 앉으면 위장이 건강해지며/바람처럼 부드럽고 가볍게 걸으면 기운이 솟으므로)

생 레미St. Remi 주교가 프랑스 최초의 왕인 클로비스에게 "네가 사랑하는 것을 불태워라"라고 일침을 준 것처럼, 오랫동안 굳어진 습관들 이를테면 다리 꼬고 앉아 밥 먹기, 손가락 마디 꺾기, 걸터앉기, 주머니에 손 넣고 걷기, 고개 숙이고 서 있기 등 하루에도 수없이 반복하는 행위들이야말로 불태워야 하지 않을까.

지금까지 해온 불필요한 동작을 멈추면, 긴장 없는 이완된 몸의
건강한 삶이 시작될지도 모른다.

보이스가 뿌리라면
보이싱은 가지와 잎, 보컬은 꽃

목소리를 뜻하는 의미로 쉽게 다가오는 '보이스'에 반해 '보이싱'이나 '보컬'은 다소 낯설 것이다. 일상에서는 쓰이지 않는 전문 용어로 이해되기 때문이다. 그러나 조금만 관심을 기울이면 모두가 하나의 유기적인 관계를 맺고 있다는 것을 알 수 있다.

보이스는 나무로 치면 뿌리에 해당한다. 태어나면서 갖게 되는 일종의 서명인 것이다. 고유의 진동으로 나오는 목소리에는 그 사람의 무의식과 감정의 흐름이 담겨 있다. 재즈 보컬인 베티 카터나 니나 시몬은 목소리 안에 이미 세계관이 드러나 있는데 이는 인위적으로 만들 수 없는 보이스의 대표적인 예다.

목소리에서 첫인상이 결정되는 것은 자연스럽다. 낮고 안정된 목소리는 스트레스를 완화해준다. 자기 자신에 신뢰가 부족하면 목소리가 불안하고 호흡이 짧아진다. 신념이 깊으면 목소리가 단단해지고 마음을 비우면 소리가 깊어진다. 자신감이 넘치는 사람의 목소리에는 리듬감이 있다. 다정한 목소리에는 친절과 배려가 밴 삶이 엿보인다.

영상에 등장하는 사람의 표정보다는 목소리의 톤과 리듬에 따라 조회수가 달라질 때가 많다. 목소리에 대한 관심이 높아지면서 그에 관련된 영상도 쏟아져 나오고 있다. 안정되고 편안한 목소리는 공감과 설득의 키워드가 되었다. 이제 목소리는 하나의 브랜드 가치로 작용하고 있다.

프랑스의 기호학자이자 비평가, 철학자인 롤랑 바르트Roland Barthes는 "화자의 정체성과 감정, 경험이 목소리에 흔적으로 남는다"고 말한다. 그는 목소리를 음성의 도구가 아닌 '분리된 육체'를 들려주는 존재로 해석했다. 그에게 목소리는 텍스트로는 전해지지 않는 개성이나 뉘앙스를 경험할 수 있는 '살아 있는 소리'이자 도구다.

목소리의 근원은 의식이다. 그 안에는 각자의 고유 진동이, 자기표현이 자리하고 있다. 그리고 모든 장기와의 관계가 촘촘히 짜여 있다. 깊은 호흡으로 훈련된 안정된 목소리는 심장박동을 안정시킨다. '화'로 인해 지친 간을, 근심으로 상한 폐를 부드럽

게 진정시키기도 한다. 뿐만 아니라 신경계를 안정시키는 효과
도 있다고 한다.

목소리를 의도적으로 바꾸면 몸과 마음이 조율될 수 있다. 목
소리가 달라지면 의식과 내면 상태도 변화할 수 있다. 그러나 인
위적인 소리가 되어서는 안 된다. 콧소리로 불리는 비음은 과장
된 이미지를 보여준다. 소리의 진폭이 작아서 공명이 아닌 표피
적 울림으로 그친다. 공명이 결여된 소리에서는 진정성이 느껴
지지 않는다. 한마디로 신념이 없는 목소리다.

목소리를 변화시키는 것은 감정 조절과 성격, 나아가 삶의 변
화를 불러오는 과정이 될 수 있다. 자기 인식의 상징으로서 사회
적 영향력을 전할 수 있는 통로라서다. 타고난 목소리가 좋지 않
더라도 호흡으로 훈련하면 편안한 목소리로 바꿀 수 있다. 최고
의 목소리는 호흡을 내리고 편안한 상태로 내는 목소리다. 거기
에 친절함이 깃들면 더할 나위가 없다.

한 번만 들어도 잊히지 않는 보이싱

보이스가 뿌리라면 보이싱은 나무의 가지나 잎에 비유할 수
있다. 소리를 어떻게 들리게 할 것인가가 보이싱의 포인트다. 호
흡, 음색, 강약, 리듬, 프레이징 톤과 발음, 감정도 모두 보이싱에
서 다루어진다. 보이싱 훈련에서 호흡과 발성과 리듬을 체화하
면 말할 때 톤과 발음이 개선될 수 있다. 또 말의 리듬과 속도를

조절할 수 있으며 감정을 통제하는 데도 영향을 미친다.

즉흥과 보이싱의 대가인 엘라 피츠제럴드의 노래를 적용한다면, 호흡, 리듬, 강약의 조절로 예상치 못한 질문에도 유연하게 대답하는 상황 대처력이 개선될 수 있다. 엘라 외에도 호흡과 프레이징을 가사에 절절히 실은 빌리 홀리데이Billie Holiday, 저음과 고음을 자유자재로 화려하면서도 풍부한 톤으로 노래하는 사라 본Sarah Vaughan이 있다. 쳇 베이커Chet Baker는 읊조리는 듯한 목소리에 절제된 보이싱과 여백의 미를 추구하며, 독창적인 보이싱을 보여주는 에비 링컨은 긴 호흡으로 다져진 고독 어린 낮은 톤으로 정체성과 사회적 메시지를 담아 표현한다. 이들의 보이싱에서 느껴지는 음색과 톤, 프레이징은 한 번만 들어도 잊히지 않을 만큼 독보적이다. 목소리로만 노래를 부르는 게 아니다. 보이스와 보이싱은 뿌리와 가지처럼 연결되어 함께 훈련해야 자신만의 개성을 살릴 수 있다.

즉흥성과 개성, 보컬

이제 꽃으로 피어나는 보컬은 기술로 다듬어진 표현의 단계를 의미한다. 음악적 표현을 위한 장식과 스타일, 무대 퍼포먼스를 떠올리면 된다. 특히 재즈 보컬은 즉흥적으로 의식이 드러나는 순간이 있다.

얼마 전 공연에서 나는 앵콜곡 대신 스캣을 불렀다. 즉흥적인 상황에 관객은 모두 즐거워했다. 의식이 소리로 통과하는 순간 나는 의식이 확장됨을 느꼈다. 이렇게 재즈 보컬은 의식이 소리로 체화되어 연주자들과 함께 만들어내는 즉흥적인 존재 방식이다.

보이스, 보이싱, 보컬은 비단 노래에만 국한되는 것이 아니다. 사람마다 고유한 자신만의 목소리가 있다. 자신감을 잃은 목소리에서는 윤기를 느낄 수 없다. 열린 마음을 가진 사람의 목소리에는 긍정이, 호흡을 깊고 편안하게 하는 이의 목소리에는 신뢰와 안정감이 있다. 기분, 컨디션, 가치관, 습관, 건강, 호흡의 상태에 이르기까지 목소리는 그 사람의 모든 세계를 드러낸다. 좋은 목소리를 위해서는 운동과 건강식뿐만 아니라 평소의 습관이나 감정적 상태를 체크하는 것이 중요하다.

편안하고 신뢰감을 주는 목소리는 대인관계를 개선하는 데 그치지 않는다. 삶과 연결된 그 모든 상황에서 유연성을 기르고, 자신의 역량을 키워나가는 데 가장 중요한 자산이 될 수 있다. 운명을 받아들이되 쉬지 않고 나아가는 사람의 목소리는 좀처럼 떨리지 않는다. 그런 목소리에는 빛이 있다.

보이싱이 들어간 보이스. 오늘부터라도 누구든 훈련할 수 있다. 다만 빛나는 목소리는 오랜 훈련과 습관으로 완성된다. 그것이 '들리는 빛'이다.

음치는 없다,
음의 차이만 있을 뿐

　　'52헤르츠 고래'는 세상에서 가장 외로운 고래다. 보통 고래는 10~30헤르츠의 주파수로 소통하는데 이 고래는 발성기관의 기형으로 더 높은 주파수를 가지고 있어서 다른 고래들과 소통이 불가능하다고 한다. 고래의 실체가 발견된 적은 없으며 수중청음기(Hydrophone)로 분석된 것이라 52헤르츠라는 이름과 함께 '세상에서 가장 외로운 고래'로 남게 된 것이다. 고주파수로 노래하는 이 '52헤르츠 고래'는 보통 고래들에게는 그야말로 '음치'다. 그 음치의 소리가 바다에서는 지금도 고고하고 신비한 사운드로 울려 퍼지고 있다.

　　일반적으로 음정을 잘 맞추지 못하는 것을 '음치音癡'라고 하는데 다른 의미로는 어리석다, 미련하다는 뜻도 있어서 나는 이 단어를 좋아하지 않는다. 우리가 흔히 말하는 음치는 선천적으로

224

기형인 성대를 가졌거나 뇌기능 장애로 인한 음치, 혹은 귀 음치 (음을 듣고 음의 차이를 구분하지 못하는 상태)를 제외하고는 거의 후천적인 목 음치(음을 정확히 들어도 소리를 낼 때 음정이 틀리는 상태)일 가능성이 높다.

귀 음치의 대표적인 예가 반항의 아이콘 제임스 딘이다. 목 음치는 훈련 부족, 스트레스와 압박감으로 목 근육이 긴장해 음정이 불안해진 경우라서 개선될 수 있다. 가수들도 보다 정확한 음정을 내기 위해 보컬 트레이닝을 받는다. 천부적 목소리를 가진 마이클 잭슨은 세계 순회공연 등 바쁜 일정에서도 최고의 컨디션을 유지하기 위해 보컬 트레이너인 세스 릭스에게 트레이닝을 받았다.

매 학기가 시작될 때마다 학생들의 고민을 듣다 보면 한결같이 하는 말들이 있다. "저는 원래 음정이 안 좋아요" "저는 그 음이 절대로 나지 않아요" "노래하다 보면 금방 목이 쉬어요" "노래만 하면 긴장이 돼요" 이 모든 고민의 원인은 하나다. 한마디로 '연습 부족'이다. 기본적으로는 후두가 편안해지는 훈련이 안 되어서 그런 것이다. 15년간 학생들을 가르치고 때로 입시 심사를 하면서 분석하게 된 나의 결론이다.

'원래' '절대로'는 연습 부족의 변명일 뿐

음계를 듣고 구분할 줄 안다면 그 음을 '절대로' 내지 못한다고 말해서는 안 된다. '원래'라는 표현도 마찬가지다. 이런 표현은 가능성을 무의식적으로 차단한다. 가수도 활동을 오래 쉬다 보면 음정이 안 좋아진다. 음치를 벗어나는 방법은 부단한 노력밖에는 없다. 자신을 음치, 박치라고 생각했던 학생들이 음정과 리듬이 정확해지고 C 이하의 점수에서 A까지 개선되는 경우도 있는데 이는 기적이 아니다.

내가 가르친 것은 자기 목소리를 잘 듣는 훈련을 통해 목소리와 성대의 상태를 분석하고, 이완된 상태를 유지하면서 올바른 연습 방법을 갖게 한 것뿐이었다. 내 수업의 핵심은 학생이 자신의 문제점을 인식하고, 두려워하지 않게 하는 것이다. 그러기 위해서는 기분이나 컨디션, 감정과 자세, 건강 상태도 체크한다. 말할 때의 톤 그대로 후두의 편안한 상태를 위해서다. 예를 들어 바른 자세로 앉거나 서지 않으면 성대가 쪼그라든다는 연구 결과가 있다.

어느 날 수업 시간에 문을 열고 들어오는 학생의 걷는 모습에서 척추측만증을 알아본 적이 있다. 이 학생에게는 노래보다 바른 자세와 스트레칭에 더 중점을 두어 수업을 진행했다. 잘못된 샤우트 창법으로 성대도 무리가 간 상태여서 노래를 부를 때는 여린 소리로 부르게 했다. 또 부드러운 발라드곡 위주로 과제를 내주면서 차츰 스윙곡으로 바꾸어 나갔다. 목소리가 잘 나지 않는 날에는 노래 대신 스케일 청음 연습을 시켰다. 시간이 지나면서 자세가 좋아지고 음정이 정확해지자 학생은 놀라운 집중력을 보이며 연습광이 되었다. 그로부터 4년 후, 지금은 박사과정을 공부하고 있다.

내 수업은 삼분의 일 이상이 대화다. 학생이 정확한 발음과 목소리로 말하고 있는지, 몸이 이완되어 있는지, 어깨를 펴고 있는지 체크하기 위해서다. 대화를 시작할 때부터 노트를 꺼내 메모하게 한다. 대화의 내용은 지난 수업에서 배운 것을 다시 복습해보는 것이다. 내용이 기억나지 않으면 단어로라도 메모하게 한다. 그리고 이번 시간에 꼭 나아지고 싶은 것 한두 가지를 적은 후 소리 내서 읽고 녹음하게 한다.

녹음한 내용을 들으면서 목소리와 발음을 분석하게 한다. 객관적으로 들었을 때 어떤 느낌인지에 대해서도 물어본다. 학생들은 대부분 자신의 노래 말고 녹음한 말소리를 처음 들어서인지 불편하고 어색해한다. 그러나 매시간 분석에 들어가면서 말의 뒷부분이 거의 들리지 않는 것, 목소리가 들어가 있는 것, 발음이 불분명한 것을 찾아내기 시작한다. 구부정한 자세가 느껴지는 것, 소리의 톤이 불규칙한 것 등 디테일을 함께 분석하고 나서 어떤 부분을 개선하고 싶은지도 얘기한다. 그리고 연습을 해 온 학생들에게는 연습하는 방법을 보여달라고 하는데, 예를 들어 2시간을 연습했는데 30분 제대로 연습한 것보다 못한 경우가 많다. 전체적으로 부르는 연습이 습관이 되어서 그렇다.

32마디 중에서 8번째 마디의 음정이 틀린다면 첫 번째부터 8번째 마디까지, 또는 4번째 마디에서 8번째 마디까지로 나누어서 마지막은 한 마디, 한 음을 가지고 집중적으로 연습해야 한다. 수업 시간에 한 것처럼 연습하는 동안 녹음하며 비포 애프터를 계속 비교, 분석해야 하는 것이다. 학생들이 혼자 연습할 때 간과하는 이 방식을 수업 시간에 적용하면 놀랄 정도로 음정이 개선된다. 그러나 잠시, 그때뿐이다. 루틴처럼 몸에 배려면 연습하고 또 연습하는 수밖에 없다.

수천 번 연습하는 새들은 음치가 없다

음치든 음치가 아니든, 음정은 매일 시간을 두고 연습해야 정확해진다. 음정은 소리에만 국한되는 것이 아니라 감정, 느낌, 정서, 기억, 제스처 등 모든 것과 긴밀히 연관되어 있기에 매일의 기분을 체크하는 것이 무엇보다 중요하다. 어렸을 때 음을 틀려서 '음치'라고 놀림받은 경험이 있다면 그것이 트라우마로 작용해 결국 음치가 될 가능성이 있다. 아리스토텔레스가 말하지 않았던가. "모든 장기 중에 심장만은 상처를 견뎌내지 못한다"고! '음치'라는 말은 어린아이뿐만 아니라 누구에게나 상처가 될 수 있는 단어다(가짜 음치일 가능성이 많은데도 그렇다).

수컷 아기 새는 아빠 새의 노래를 듣고 따라 하는 방식으로 정확하게 노래하는 법을 배운다고 한다. 여기서 중요한 것은 듣고 따라 한다는 점이다. 어린 금화조는 떨림의 비브라토를 상황에 따라 변화시키며 정확한 음정의 노래를 배운다. 아기 새는 비브라토와 연습을 거쳐 최상의 음정으로 노래한다. 암컷을 유혹하기 위해서다. 새의 대뇌 기저핵에 있는 신경회로로 비브라토의 크기를 조절하는데 인간의 영유아도 아기 새처럼 비브라토를 이용해 음성 패턴을 발달시켰을 것이라는 연구 분석이 있다. 아이가 어른보다 외국어를 더 빠르게 습득하는 이유와도 관련이 있을 것으로 짐작한다.

프랑스의 작곡가이자 오르가니스트인 올리비에 메시앙Olivier Messiaen은 조류학자로도 활동하며 세계 각지의 새소리를 수집해 두 시간 반이 넘는 음악을 작곡하기도 했다. 새에 관한 다큐멘터리를 보면 암컷을 유혹하기 위해 들이는 수컷 새의 노력은 눈물겨울 정도다. 개 짖는 소리를 내는 건 기본이고, 구애에 실패해도 포기하지 않고 다시 시작하는 마음으로 하루 반나절 이상을 쉬지 않고 연습한다. 주위에서 음치라는 말을 듣고 낙담하는 중이라면, 나뭇가지에 앉아 수백 번, 수천 번 연습하는 새들을 떠올려 보라. 새소리가 위로의 노래로 다가올 것이다.

조지 바조키스George Bartzokis 박사에 따르면 "모든 기량, 언어, 음악, 동작은 살아 있는 회로로 이루어져 있으며 모든 회로는 특정한 규칙에 따라 증식된다"고 한다. 모든 것이 더 많은 연습으로 좋아진다는 결론이다. 음정만큼이나 어려운 것은 몸에 힘을 빼는 것이다. 무의식적으로 힘이 가장 많이 들어가는 곳이 어깨 부분이다. 미간도 그렇다. 노래할 때 턱에 힘이 들어가거나 손동작이 의외로 부자연스러운데 특히 손가락에 힘을 주는 경우가 많다.

발라드도 리듬을 타야 하는데 마네킹처럼 굳은 자세로 노래하는 것도 흔한 현상이다. 하품이나 재채기는 몸의 완전한 이완 상태(상체에 힘이 빠지면서 배로 호흡하는 상태)에서 일어난다. 그러므로 하품이나 기지개를 켤 때 입을 크게 벌리고 팔을 더 쭈욱 펴는 동작을 해보는 것도 몸을 이완시키는 좋은 방법이다.

3세에서 5세까지의 아동들은 손과 발을 움직이면서 노래한다는 연구 결과도 있는데 이는 몸의 움직임과 소리가 서로 영향을 주고받기 때문이다. 소리, 호흡, 제스처, 표정, 감정은 모두 유기적으로 연결되어 있다. 흔히 노래를 잘한다, 못한다 이분법적인 잣대로 평가하지만, 노래를 테크닉이 아닌 소리의 범주로 인식하면 새로운 관점을 지닐 수 있다.

모든 목소리에는 개성과 역사, 기원이 담긴다

플랫헤드족 인디언은 입을 다물고 복화술하듯 노래를 부르며, 우간다에서는 노래할 때 손가락 끝으로 목을 톡톡 친다. 오스트레일리아의 아넘랜드에 사는 원주민은 모든 음을 내쉬는 숨으로, 마오리족은 출정가를 격한 미분음의 가성으로 아주 빠르게 부른다고 한다. 이누이트족의 카타자이트는 목구멍으로 부르는 노래를 뜻한다. 거칠게 울부짖으며 '히이잉' '매에에' 같은 동물의 소리로 노래하는 가수는 키르키스족의 '마나스'다. 그의 노래를 듣는다면 '음치'라고 오해할지도 모르겠다.

우리는 키츠의 나이팅게일처럼 200편의 노래를 갖추지도 못했으며, 개똥지빠귀처럼 천 곡이 넘는 복잡한 멜로디를 부를 수도 없다. 고래처럼 매년 새로운 노래를 바꿔가며 부르지도 않는다. 4만 쌍의 부부 펭귄이 사는 서식지에서 서로의 목소리를 찾아내는 임금 펭귄의 귀도 갖지 못했다.

많은 사람들은 그저 고음을 잘 내기 원하고, 맑고 또렷한 목소리를 갖고 싶어 한다. 그러나 각자의 목소리에는 자기 기원이 있다. 자기만의 개성과 역사, 기억과 경험이 담겨 있으므로 모두가 지향하는 목표에서 벗어나 개성이 드러나는 소리를 깊이 연구해야 한다. 몸과 마음을 이완하고 자기의 소리를 인식해야 한다. 음정은 그다음이다. 잘 듣게 되면 잘 따라 하게 된다.

음치는 없다. 음의 차이만 있을 뿐. 헤르만 헤세는 삶을 견디는 기쁨 중 하나로 '참다운 듣기'를 노래하고 있다.

〈올림사음과 내림가음〉
그대가 사랑하고 추구하는 것
그대가 꿈꾸고 체험하는 것
그것이 기쁨이었는지 혹은 슬픔이었는지
그대는 확신할 수 있는가?
올림사음과 내림가음
반음내림마음과 반음올림마음
그대의 귀는 그런 것들을 구별할 수 있는가?

오프비트,
엇박자의 숭고한 저항

17세기에서 19세기까지 미국으로 끌려간 아프리카인은 200만 명에 달했다. 강제로 노예선에 태워진 수많은 사람들이 도중에 열악한 환경과 전염병으로 인해 바다에 던져졌다. 그나마 살아서 미국에 도착한 이들을 기다리던 것은 고된 노동과 악질 농장주였다. 낮에는 쉴 틈 없이 일하고, 밤에는 채찍질하느라 고단해진 주인을 위해 노래하고 춤춰야 하는 지옥 같은 삶이었다. 죽은 자가 부러워 신나는 장송곡을 불러야 했던 한恨의 음악, 재즈는 이렇게 시작되었다.

미시시피 강줄기 따라, 흑인 노예들의 음악
아프리카의 워크송work song(노동요), 필드홀러Field-Holler(독특한 발성법을 이용한 창법)와 유럽 음악과 클래식이라는 이질적인 세계가 충돌해 탄생한 이 새로운 장르는 아프로-아메리칸 음악으로 꽃을 피우며 미시시피강 줄기를 따라 미국 곳곳에 퍼져나갔다. 뉴올리언스에서 아프리카, 프랑스, 스페인의 문화가 혼합된 융합 장르를 일구어낸 아프리카인들이 즐겨 쓰던 리듬은 싱커페이션(당김음)이었는데 이들이 미국에 발을 딛기 전까지 미국에는 싱커페이션이 없었다.

블루스 창법은 서아프리카 지역의 찬송시인 그리 호의 전통을 이어받은 것으로, 아프리카에서는 이미 오래전부터 불리고 있었다. 콜 앤 리스폰스Call and Response(노래로 주고받기) 또한 아프리카 전통을 지니고 있으며 이 형식은 가스펠, 소울, 펑크의 중요한 요소이기도 하다. 교회음악인 가스펠은 영가에서 비롯되었고, 영가는 아프리카 토속음악에 그 기원을 두고 있다.

20세기 초반까지 흑인들과 크레올(유럽인과 흑인의 혼혈) 사회에서 유행한 피아노 음악인 래그타임Ragtime은 초창기 재즈로서 싱커페이션을 기반으로 강박과 약박을 앞뒤로 바꿔 연주함으로써 박자가 엇나가는 듯한 느낌을 준다. 당시 래그타임은 미국의 각 가정에서 연주될 정도로 유행이었으며 이후, 더 빠르게 발전된 스트라이드 피아노 장르로 확대되었다. 흑인 피아니스트들은 엇박자의 리듬으로 즐겨 연주했는데 이는 규칙을 거부하는 민속음악의 특징을 보여주는 예다.

스윙 재즈는 1930년대부터 1940년 사이에 유행한 장르로 미국 대중음악을 선도했으며 대규모 연주자들로 구성된 빅밴드의 활기찬 사운드는 대공황을 겪는 미국인들에게 큰 위안이 되었다. 스윙 재즈의 스윙은 그네처럼 흔들리는 느낌을 의미하는데, 여기서 만들어진 것이 오프비트Off-Beat이다. 말 그대로 비트를 벗어난 재즈의 전형적인 리듬이다.

아프리카인들의 한 승화시킨 오프비트

대중음악은 일반적으로 4박자를 기준으로 1번째, 3번째에 강세를 두지만, 재즈에서의 스윙감은 싱커페이션을 이용해 뒷박인 2번째, 4번째를 강조한다. 강/약/중강/약이 아닌 약/강/약/강이 되게 하는 것이다. 강세를 나중에 둠으로써 역동적인 리듬을 불러일으킨다. 이것은 온비트On-Beat의 규칙적인 질서를 깨뜨리고자 하는 무의식적인 저항이다.

기존의 온비트를 낯설게 하고, 뒤로 숨어 있던 약박을 수면 위로 떠오르게 하는 것이다. 규칙을 거부한 이 리듬은 마치 뒤에서 당기는 듯한 긴장감을 주는데 이 어찌할 바 모르고 비틀거릴 것 같은 리듬을 몸으로 느껴야만 비로소 스윙감을 이해할 수 있다. 재즈 피아니스트인 베리 헤이스는 스윙에 대해 이렇게 말한다.

"너희는 전혀 스윙을 하고 있지 않아. 드럼에 의해 스윙하는 게 아니라 너 스스로가 스윙해야지. 모든 연주자는 자기 스스로가 스윙을 해야 해."

원래 엇박자는 아프리카 민속음악의 리듬이었다. 아프로-아메리칸 뮤지션들이 일궈낸 재즈는 태생적으로 기존의 비트를 벗어나야만 창조되는 아프리카 음악에 기원을 둔다. 노예로 끌려와 오랜 억압과 시련에도 불구하고 음악적 정체성을 지켜나간 아프리카인들의 한은 오프비트로 승화되었다.

집시들은 핍박을 벗어나기 위해 플라멩코를 통해 자유를 꿈꾸었다. 플라멩코 역시 엇박자다. 엇박자의 긴장감은 새로운 세계에 대한 모험이다. 균형을 잡기 위한 흔들림, 불안과 알 수 없음을 무릅쓰는 것, 이것이 오프비트의 잠재적 힘이다. 아이러니하지만 스윙을 연주한다고 스윙이 되는 것은 아니다. 그만큼 스윙감은 어렵다. 비트를 벗어나면 바로 스윙이 되는 것도 아니다. 무질서 속의 질서, 불균형 속의 균형을 찾아내야 한다. 유럽에서 악기와 하모니를 가져왔다면, 리듬이나 싱커페이션, 창법은 모두 아프리카에 뿌리를 둔 것이 재즈다. 그 재즈에서 가장 중요하게 작용하는 것이 바로 스윙감, 다시 말해 오프비트다.

광휘 발휘하는 리듬으로 세계적 트렌드가 되다

오프비트의 후손들은 결국 승리했다. 그들은 세상에서 가장 슬픈 음악이라 불리는 재즈의 선구자가 되었다. 엘라 피츠제럴드, 사라 본, 빌리 할리데이, 루이 암스트롱, 찰리 파커, 존 컬트레인, 마일즈 데이비스의 음악은 카페에서 매일 흐르는 재즈곡 중

하나일 가능성이 높다. 카페뿐만 아니라 쇼핑몰, 해변, 공항, 휴양지의 리조트에서 쉽게 들을 수 있다. 역사적 한을 품은 재즈가 이제 새롭게 다시 전 세계로 트렌드처럼 퍼져 나가고 있다. 이것은 시대를 함께하며 관성에 젖어 있던 온비트에 과감히 아듀를 고하고 '광휘를 발하는 리듬', 오프비트로 자유를 선택한 결과다.

재즈처럼 국악에도 오프비트가 있다. 일명 엇모리라고 하는데 판소리의 경우 12박의 자진모리 속에 엇모리장단을 넣어 연주하는 경우가 그것이다. 재즈에서 드럼이 원시적 리듬을 만들어낸다면 국악에서는 장구가 리듬을 주도한다. 재즈와 국악 모두 리듬감이 가장 중요하다. 굿거리장단도 래그타임처럼 순간적으로 강박과 약박이 계속 바뀐다. 재즈와 마찬가지로 판소리는 예술을 넘어 사회적, 문화적인 유산으로서 지금도 실험적인 공연을 많이 하는 장르다(판소리《춘향전》의 〈사랑가〉는 2집 음반의 수록곡이다).

재즈 연주에서 보컬이 테크닉보다는 영성이 담긴 소리에 초점을 맞추듯, 판소리에서의 소리 역시 생명성을 얼마나 표현해내느냐가 무엇보다 중요하다. 판소리가 고려시대부터 시작되었다고 하니 우리 민족은 미국의 재즈가 태동하기 수백 년 전부터 오프비트를 연주하고 있었던 셈이다. 요즘 국악과 재즈의 협연이 세계적으로 각광받는 것도 우연은 아니다.

오프비트는 앞이 아닌 뒤가 중요한 리듬이다. 자칫 지나칠 수 있는 박자에 상냥한 미소를 건네는 것이다. 아슬아슬 다음 마디를 넘어가는 이 스윙 필swing feel은 말할 수 없는 것을 표현해내는 그 무엇이다. 비트를 벗어난 리듬을 타기 위해서는 리듬과 하나가 되어야 한다. 본질적인 의미에서 세계를 바꾸는 것은 사실이나 감정이 아니라 리듬이다. 사운드로서의 리듬이 아닌 내 안의 리듬, 관념의 리듬, 사고의 리듬이다.

각국의 민속음악들이 엇박자인 경우가 많은 것은 자유로움에 대한 의식이 리듬으로 내재되었기 때문이다. 스윙감을 만드는 오프비트는 저절로 생겨난 것이 아님을 그들의 역사가 말해주고 있다. 그것은 무의식적인 심원의 작용. 노예 신분으로 낯선 땅에서 억압의 시대를 살아야 했던, 그럼에도 그들은 선조에게서 물려받은 무형의 유산(미국과 세계 대중음악의 모든 장르의 바탕을 이룬)을 지켜내었다.

또한 이것은 앞으로도 계속 이어갈 세계적 유산이다. 이제는 유연함의 시대다. 굳어지는 것은 늙고 낡을 수밖에 없는, 매일 어제보다 더 나은 삶을 위한 용기가 필요하다. 온비트에서 오프비트로 나아가고자 하는 용기, 이제까지의 내가 가지고 있던 온비트의 리듬을 내려놓고 오프비트를 과감히 선택해보는 것, 그것이 나에 대한 진정한 저항인지도 모른다. 아프로-아메리칸이 창조한 오프비트는 다름 아닌 '숭고한' 저항이었다.

심고우리corishim ©

세상에서 가장 작은 비잔티움,
재즈

예전에 어떤 작가가 "저도 재즈 좋아해요"라고 하기에, 좋아하는 음반이나 뮤지션이 있냐고 물어본 적이 있다. 작가는 과장된 표정 하나 없이 대답했다. "아니요. 사실 재즈 잘 몰라요. 그래도 재즈 좋아한다고 하면 있어 보이잖아요." 처음엔 당황했으나 한편으로 자신의 허영심을 감추지 않고 드러내는 저 소탈함이라면 저이의 작품 또한 기대할 수 있겠다는 생각이 들었다.

'있어 보이는 것'은 언제나 순간적인 신뢰와 긍정적인 분위기를 자아낸다. 설령 연기로 쌓은 자신감이라 할지라도 만들어진 이미지는 설득력을 갖기 시작한다. 현대사회에서 '있어 보임'은 자기 연출을 위한 일종의 전략이다. 실제와 거리가 있을지 모르지만 그 이미지는 대단한 잠재력이 있을 거라는 기대마저 품게 하므로.

비잔티움을 '있어 보이게' 연출한 황제들

이스탄불의 옛 이름 '비잔티움'(고대 도시)이란 단어에선 붕괴된 제국보다 성당의 돔이나 금빛 모자이크의 미학적 이미지가 먼저 떠오른다. 전쟁과 피폐함은 가려지고 '위대하고 거룩한 제국'의 이미지만 남았다.

비잔티움이 추구한 화려함은 영원한 제국으로 살아남기 위한 자기 연출이었다. 천혜의 요충지였던 비잔티움은 끊임없는 침략에 시달려야 했다. 로마 대제의 천도와 함께 동로마 제국의 수도로 지정된 비잔티움은 (대제의 이름이 붙여진) 콘스탄티노폴리스로 거듭나기 시작했다. 도시는 확장되고 방어 시설이 강화되었다. 새로운 법이 제정되고 화려한 성당과 대규모의 도서관이 세워졌다. 또 유럽의 모든 국가가 부러워할 만한 대관식을 통해 성스러움과 권력을 연출했다. 비잔티움은 동서양의 문화와 정치, 종교와 예술을 허용하고 융합하는 새로운 도시 문명을 구축하였다. 그렇게 비잔티움은 동서양의 경계를 허문 문명의 용광로이자 동로마 제국을 상징하는 이름이 되었고, 그 번영은 천년 가까이 지속되었다.

찬란한 비잔틴 제국이 추구한 것은 결국 '위대하고 거룩한 제국' 즉 '식민지 도시'로 돌아가지 않겠다는 결연한 의지의 메타포였다. 일상에서 쓰이는 '있어 보임'이라는 말이 긍정적으로 다가오는 이유 또한 아무리 힘들어도 자존감을 잃지 않겠다는 의지의 발로이기 때문이 아닐까.

재즈를 있어 보이게 만드는 내적 구조

그러니 오래전 그 작가의 '재즈는 있어 보인다'는 말은 그냥 지나칠 게 아니다. 콰르텟의 뜻을 모르고, 공연을 본 적 없어도 "재즈를 좋아해요"라는 말은 그 사람을 세련되고 섬세한 감각의 소유자로 보이게 한다. 이런 연출된 이미지가 자존감을 높여준다면 얼마나 고마운 일인가. 그렇게 계속 말하다 보면 실제로 재즈를 진지하게 듣고 싶어질 수도, 재즈 마니아가 될 수도 있다. 아니어도 상관없다. 재즈라는 이미지가 자신의 위상을 올려줄지도 모른다는 기대만으로도 이미 도약은 시작되었다.

어쩌면 재즈의 본질 또한 '있어 보임'에 있는지도 모른다. 여유로워 보이는 스윙의 이면에는 엄청난 긴장과 정확한 리듬에 대한 인지가 필수다. 연주자들이 소통하기 위해 주고받는 사인은 일종의 상징적인 태도다. 즉흥이 되기 위해서는 즉흥이 되기 위한 훈련된 연출 과정이 필요한 것이다. 연주에 따라서는 개인의 역량(이미지)을 보여주기 위한 연출이 되기도 한다. 자유롭고 편안해 보이는 재즈의 세계가 '있어 보임'의 상징이 된 것은 이처럼 단단한 내적 구조가 뒷받침되고 있어서다. 처음 듣는 이에게 자칫 허세처럼 보일 수 있는 즉흥은 그저 주어진 느낌이 아니라 지속적인 훈련의 산물이다. 결국 재즈는 '있어 보임'의 완성된 형태인 것이다.

요즘은 '멋있다' '예쁘다'라는 말보다 '있어 보인다'는 표현을 더 많이 쓴다. '있어 보임'이 외모뿐만 아니라 성격, 능력, 태도, 성향까지 가늠하게 하는 미학적 판단이 되어가는 걸까. 어쩌면 삶을 관통하는 상징이 될 수도 있겠다는 생각에, 예전 그 작가의 말이 새롭게 해석되기 시작했다.

'있어 보임'은 매 순간 삶을 도약시키는 원동력일 수도 있다. 결코 허세가 아닌 존엄을 지키기 위한 가장 오래된 기술이자 존재의 선언, 생략된 주어 안에 무한한 희망을 연출하는 키워드가 될 수도 있는 것이다.

'있어 보이는 연주자'만 낼 수 있는 '있어 보이는 소리'

비잔틴 제국이 남긴 것은 비잔티움이라는 이미지다. 신성과 권력, 학문과 법과 제도의 완벽한 균형, 화려한 장식 문화가 압축된 비잔티움은 더 이상 몰락한 제국이 아니라 정교하고 세련된 상징으로 빛난다. 비잔티움의 복잡한 패턴과 신성함은 재즈의 복잡한 화성과 자유로움과 닮았다. 비잔티움이 거대하고 화려한 제국의 상징이듯, 재즈는 개인의 자기 연출 방식을 가진 예술의 상징이다.

재즈에는 악보에서 떨어져 나온 '아직 도착하지 않은 소리'가 있다. 이 소리는 오직 '있어 보이는 연주자'에게 찾아든다. 끊임없이 기량을 닦고, 다른 연주자들과의 유연한 소통을 익힌 연주자들 말이다. 찰나를 위해 조용히 인내하는 기품 있는 태도야말로 진정한 '있어 보임'의 원천이다. 말을 아끼고, 음식을 절제하고, 루틴을 지키며 편견 없이 배우는 것. 이 모든 것이 '있어 보임'이다.

'있어 보임'은 테크닉도 꼼수도 아니다. 그것은 정교한 자기 연출이다. 진정한 존엄을 위한 자기 연출은 허세로 출발할 수 없다. 허투루 내는 음이 없을 때 미세한 음을 쉽게 낼 수 있다. 그것이 '있어 보이는 소리'다.

아프리카의 작은 섬나라 카보베르데에 '맨발의 디바' 세자리아 에보라Cesaria Evora가 있다. 카보베르데의 음악인 '모르나'를 세계에 알린 그녀의 목소리에는 깊고 따뜻하면서도 애잔한 슬픔이 짙게 깔려 있다. 그녀가 부른 〈베사메 무초〉가 수많은 버전을 잊게 할 정도로 압도적인 이유는, 그 목소리가 애환과 고통, 사랑의 혼령 그 자체이기 때문이다.

카보베르데는 역사적으로 오랜 세월 노예 무역지로서 한을 품은 땅이었다. 에보라 역시 가난을 그림자처럼 달고 살았다. 선천적 사시였던 그녀는 어릴 때 보육원에 맡겨졌고 16세부터 생계를 위해 거리에서 노래를 불렀다. 신발조차 신을 수 없어 맨발로 다녔던 그녀는 세계적인 무대에서도 맨발로 노래했고, 그것은 그녀의 트레이드 마크가 되었다.

사막으로 뒤덮인 척박한 나라 카보베르데에는 오래전부터 '한탄하다' '슬퍼하다'라는 뜻을 지닌 '모르나morna'라는 국민 음악이 있었다. 노래로 혹은 현악기로 연주되는 이 음악은 카보베르데의 모든 이야기(슬픔, 이별, 한, 그리움, 바다, 사랑, 갈망, 조국 등)를 담고 있다. 카보베르데 사람들은 누군가가 태어나거나 죽을 때 모르나를 부르고 연주한다. 가족 모임이나 축제, 세례식, 타국에서 고향의 소식을 들으며 맛난 음식을 이웃들과 나눌 때도 모르나와 함께한다. 모르나는 연주자와 가수와 시인이 모여 즉흥적으로 창작된 새로운 노래가 되기도 한다.

광고 카피처럼 언제 어디서든 불리는 것이 모르나다. 카보베르데의 일상생활과 깊게 결속된 음악 모르나는 세자리아 에보라의 목소리(앨범《맨발의 디바》)를 통해 전 세계에 알려졌다. 에보라의 세계적 인기와 함께 '모르나'에 관심이 쏟아지자 카보베르데 국민의 자긍심도 한껏 고양되었다. 세자리아 에보라는 2003년 앨범《보스 다모라(사랑의 목소리)》로 그래미상을 받으며 국민적 영웅이 되었지만 그녀는 화려한 삶 대신 오직 자유를 꿈꿨다. 그 꿈은 이제 그녀의 이름이 붙은 국제공항처럼 영원히 남게 되었다. 그녀의 삶은 아나 소피아 폰세카 감독의 다큐 〈세자리아 에

보라, 삶을 노래하다〉로도 재조명되었다.

세자리아 에보라는 단순한 가수가 아니었다. 그녀에게는 슬픔을 달래주고, 애절함과 그리움을 부르는 태고의 목소리가 있었다. 그것은 그녀가 어떤 역경에서도 노래를 멈추지 않는 힘이 되었다. 가난 속에서도 삶을 사랑했고, 스타덤에 오른 후에도 깊이를 잃지 않았다. 그녀의 목소리가 '있어 보임'의 결정체로 느껴지는 것은 꿈과 희망을 슬픔의 노래로 체화했기 때문이다. 유복하지 않았으나 대지를 품은 듯 풍요롭고 자비로운 목소리. 언제나 자신의 운명과 마주하고 그것을 극복해낸 그 소리야말로 진정 '있어 보임'의 소리다. '있어 보임'은 일종의 자기 극복이자, 자존감을 유지하는 숭고한 이미지다.

이미지로 해석되는 재즈는 '세상에서 가장 작은 비잔티움'이다. 우리 자신도 그렇다.

패션,
재즈를 입다

세계 제1차대전 이후 경제 호황을 누린 미국에서 재즈와 스윙 댄스가 대중화된 1920년대를 흔히 '재즈의 시대(Jazz Age)'라고 한다. '재즈의 시대' 키워드는 재즈, 패션, 영화, 문학, 술, 자동차, 담배, 스포츠, 춤이었다. 여성의 사회적 지위가 변화하고 스포츠가 유행하면서 새로운 패션 아이템들이 쏟아져 나왔다. 여성들의 허리를 조여 질식사까지 가져왔던 코르셋을 리틀 블랙 드레스로 해방시킨 코코 샤넬Gabrielle Bonheur Chanel은 길이(샤넬라인)와 컬러(블랙)로 디자인의 혁명을 일으켰다. 그것은 여성에게 해방과 동시에 구원이었다.

패션계의 잔다르크 샤넬

샤넬은 다름 아닌 패션계의 잔다르크였다. 수녀원에서 운영하는 고아원에서 자란 샤넬은 7년 동안 바느질을 배웠다. 그녀는 성당의 스테인드글라스에서 영감을 얻고, 그전까지 절제와 죽음, 수행을 상징하던 블랙을 창조의 원천으로 삼았다. 모자가게의 성공을 시작으로, 이전에 상류층을 중심으로 유행했던 '화려함'을 '우아함의 세계'로 전복시킨 그녀는 항상 새로운 것을 시도하며 아름답고 실용적인 옷을 추구했다.

재즈클럽에서 스윙 재즈에 맞춰 춤추던 무용수들은 움직임이 편한 디자인이 필요했다. 재즈가 패션의 변화를 요구하게 된 것이다. 샤넬의 아이디어가 돋보이는 보이시 룩, 보브헤어, 단발머리, 춤출 때마다 흔들리는 비즈와 스팽글 장식을 단 플래퍼 룩(말괄량이 룩), 그리고 남성 의상에 쓰였던 옷감인 저지jersey를 활용한 원피스는 당시 센세이션을 일으켰다. 운전기사의 코트에 착안해 고무 레인코트를 만들어 세상을 놀라게 한 샤넬의 유연함은 모조품에서도 유감없이 발휘되었다.

재즈의 시대에 유행했던 문화가 고스란히 드러난 소설은 피츠제럴드의 《위대한 개츠비》이다. 혹은 우디 앨런의 영화 〈미드나잇 인 파리〉에서는 재즈가 흐르는 파리에서 활보하는 피츠제럴드와 피카소, 헤밍웨이를 만나볼 수 있다. 특히 아드리아나(피카소의 뮤즈)가 입고 있는 플래퍼 스타일(허리선이 없는 심플한)의 원피스들이 인상적인데, 이는 샤넬에게 의상을 배운 감각이 새겨진 패션이었다.

재즈와 패션의 가장 공통되는 원동력은 협업의 미덕이다. 장르나 스타일이 창조될 때 개념이나 콘셉트는 한 사람이 창조할 수 있으나 결과적으로는 합주와 협업을 통해 이루어진다. 재즈와 마찬가지로 패션도 시대상을 빠르게 반영하기에 변화와 혁신, 그것을 이끌어내는 감성의 자유로움이 필요하다. 샤넬의 디자인 혁명과 찰리 파커의 비밥 혁명은 기존 질서나 관념을 타파한다는 점에서 일맥상통한다. 그것은 패션이나 연주 스타일이 아닌 문화현상으로 작용한다.

청바지와 가죽점퍼, 오토바이의 비트 세대

청바지는 19세기 캘리포니아 광부들이 입던 텐트 천으로 만든 작업복이었다. 이탈리아에서 유래된 스타일이며 흔히 데님이라고도 불리는데, 이 데님은 프랑스의 도시인 '님'에서 생산되는 농작물에서 따온 이름이다. 청바지는 50년대 비트 세대, 68혁명의 히피 세대를 거쳐 21세기인 현재에도 전 인류에게 가장 사랑받는 작업복(?)이다.

50년대 비트 세대를 창조했던 잭 케루악Jack Kerouac의《길 위에서》가 출간된 후 수십억 벌의 리바이스 청바지가 판매된 것은 비트 세대를 대변하는 것이 청바지와 가죽점퍼, 그리고 오토바이였기 때문이다. 부모 세대에 반기를 든 비트족은 재즈를 들으며 선불교에 심취하고 마약에 빠져 오토바이로 도로 위를 질주

했다. 기성세대와 신세대의 첨예한 갈등이 빚어낸 68혁명은 프랑스 정부의 실정과 사회적 모순에 저항한 대학생의 봉기로 시작되었고, 독일과 미국 등 전 세계로 퍼져나갔다. 혁명은 결국 실패했으나 평등, 인권, 생태주의 등 진보적 가치들이 프랑스를 이끄는 데 자리매김하게 되었다.

프렌치 시크를 대표하는 제인 버킨Jane Birkin은 68혁명 때 세르주 갱스부르를 만난다. 그녀는 운동화와 티셔츠, 청바지만으로도 시크함을 연출하는 아방가르드한 예술가였다. 배우이자 가수로 보헤미안의 삶을 추구한 스타일은 영화와 패션계뿐만 아니라 환경보호 운동에도 적극적인 진정한 운동가의 면모를 보여주었다.《르몽드》가 추모한 것처럼 그녀는 '인류애를 가진 열정적인 예술가'였다.

'위트 있는 클래식'의 대명사인 세계적인 영국 디자이너 폴 스미스Paul Brierley Smith는 15세에 난독증으로 학교를 그만두고 독학으로 '핏'과 실루엣을 연구했다. 정식으로 디자인을 배운 적이 없는 그는 난독증이라는 열악한 조건에서도 위트를 잃지 않았다. "매일매일 나는 웃음이 터져 나오는 뭔가를 목격한다."

스미스는 그래픽 디자인과 영화 포스터 디자인에서도 독특한 재능을 발휘했다. 그의 또 다른 슬로건은 '디테일과 반전'이다. 눈에 잘 띄지 않는 단춧구멍에 다른 색을 넣는 것은 스미스식의 디테일이다. 역동적인 '무지개 스트라이프' 또한 폴 스미스의 브랜드 시그니처로서 많은 디자이너에게 영감을 주었다. 그는 옷 안에 비밀을 숨겨놓는 걸 좋아했다. "수트는 몸에 붙거나 헐렁하지 않고 알맞게 감싸줘야 한다"는 따뜻한 철학은 그가 디자인한 모든 제품에 반영되어 있다. 원단에 사진을 프린트하는 아이디어도 그다운 시도였다.

"영감은 당신의 온 주위에 있다."

폴 스미스가 즐겨 했던 이 말은 즉흥연주를 하는 내게는 무엇보다 필요한 말이다.

내 생애 최고의 날은 오지 않았다

20만 권이 넘는 도서관. 실은 칼 라거펠트Karl Lagerfeld의 개인 서재다. 한 장의 사진으로 세계를 놀라게 한 그의 독서 편력은 다양한 지식에 대한 탐구가 얼마나 대단한지를 보여준다. 그의 디자인 철학은 로맨티시즘과 미니멀리즘, 샤넬의 디자인을 재구현한 페미니즘, 시크함과 우아함 등 모든 콘셉트를 갖추고 있다. 패션의 제왕이라는 별명을 가진 칼 라거펠트는 철저한 자기관리로도 유명하다. 그는 화려한 파티를 뒤로하고, 틈만 나면 책을 읽었다. 서평을 기고하고 홍보물을 직접 만들며 외국어에도 능통했다. 트렌드를 정확히 짚어내는 데도 일가견이 있던 그는 패션에 포스트모더니즘을 도입하며 젊은이들의 반향을 불러일으켰다. "과거를 회상하고 존경한다면 창작은 불가능하다"고 여기기에

252

그에게 회고록은 의미가 없다.

그는 패션에서 리드미컬한 하모니를 강조하며 평범하면서도 재치 있는 스타일을 제시한다. 꽁지머리에 흰 셔츠와 검은 선글라스를 고집한 그의 일관된 스타일과는 달리 매 시즌 패션쇼에서 선보인 의상은 마치 클래식 연주자로 보이는 피아니스트가 아방가르드 재즈를 연주하는 듯한 반전을 선사했다.

"옷(즉흥연주)은 순간을 반영해야 한다. 너무 빠르거나 늦으면 소용이 없다."

그만큼 패션에서도 즉흥성과 타이밍이 중요한 것이다. 칼 라거펠트 최고의 명언 '내 생애 최고의 날은 오지 않았다'는 내가 예전에 연주한 스탠더드 재즈곡인 〈The Best Is Yet To Come〉의 제목과도 운명처럼 닮았다.

조르바의 인생관을 닮은 ZARA의 패스트 패션

'ZARA' 매장에 들를 때마다 늘 드는 의문이 있었다. 도대체 이 브랜드의 콘셉트를 파악할 수가 없는 것이다. 그리고 옷도 너무 자주 바뀌었다. 파티복 드레스와 비쥬로 장식한 재킷이 걸려 있던 자리에 샤넬풍의 단아한 정장이 걸리기도 하고, 너무 타이트하거나 지나치게 헐렁한 힙한 청바지까지⋯ 그래도 다양하게 고를 수 있어 가끔은 들르게 되는 게 또 ZARA였다. 그러다 우연히 ZARA의 창립자 아만시오 오르테가Amancio Ortega Gaona에 대한 기사를 읽게 되었는데 그제야 모든 궁금증이 풀렸다.

어려운 환경에서 독학한 오르테가는 16세에 지점 매니저로 사회생활을 시작하며 1975년 ZARA를 창립했다. 그에게 영감을 준 《그리스인 조르바》를 따서 '조르바'를 쓰려고 했으나 주변에 있는 바Bar 이름이 조르바여서 대신 'Z'를 살린 ZARA가 탄생했다고 한다. 천방지축의 조르바. 오로지 지금, 여기에만 사는 조르바의 흔적이 내게는 정신없는 콘셉트로 다가온 모양이다.

2016년에 세계 최고 1위 패션 부호로 선정된 오르테가에게는 그만의 경영 철학이 있었다. 소비자의 니즈를 최대한 빠르게 분석하고 반영해서 중저가로 공급하는 것이다. 일명 패스트 패션이라고 하는 브랜드 전략은 일주일에 두 번씩 디자인 콘셉트를 바꾸는 데 있다. 제조와 유통을 회사가 맡아서 관리하고 광고와 마케팅 비용을 줄임으로써 최신 패션을 싼 가격에 판매하는 것이다. ZARA는 인기 있는 제품이라도 한 달 이상 진열하지 않는다고 한다. "유행이 지난 옷은 어제 잡은 생선처럼 신선도가 떨어진다"라는 오르테가의 사업 철학에서, 패스트 패션의 성공 신화를 이룰 수밖에 없음을 공감하게 된다.

히스토리를 알게 된 후, ZARA 매장에 가서 옷을 고르며 조르바를 상상하는 습관이 생겼다. 특히 어느 것을 고를지 주저하게 될 때, 이 한 번의 상상으로 나의 결정력은 단단해진다. 옷을 입은 거울 속 나에게 조르바가 되어 질문하는 것이다.

"자네, 지금 무엇을 입는가?"

내가 어떤 옷을 고르더라도 최고라고 믿어줄 것만 같은 질문이다. 유쾌하고 진지한 조르바만이 건넬 수 있는 질문. 실제로 효과가 있었다. 주저한다는 건 다 입고 싶다는 욕망임을 조르바가 일깨워준 셈이다.

한 장의 천으로 주름옷을 만든 이세이 미야케

혁신의 상징이 된 급진적인 디자이너 장 폴 고티에Jean Paul Gaultier도 언급하지 않을 수 없다. 그는 샤넬이 여성을 해방하기 위해 던져버린 코르셋을 외출복으로 불러들였다. 코르셋을 아우터로 대체함으로써 고전을 파격적으로 재해석한 고티에는 1980~1990년대 패션의 아이콘으로 떠올랐다.

스티브 잡스가 15년 동안 입었던 블랙 터틀넥은 일본의 디자이너 이세이 미야케Issey Miyake의 작품이다. 이세이 미야케는 모든 면이 접힌 주름옷을 세계에 유행시키며 주름 디자이너(플리츠 플리즈)로 불린다. 그가 디자인에 도입한 주름은 일본의 종이 공예에서 아이디어를 얻은 것이다. 그는 옷을 만들 때도 옷감 사이사이에 종이를 끼워 압착하는 방식으로 주름을 잡는데, 옷 전체에 주름을 잡는 이유는 옷을 입은 사람이 옷이 접힐까 봐 노심초사하지 않게 하기 위함이라고 한다. 원자폭탄 피폭 후유증으로 힘들었던 어린 시절의 생각들은 "파괴되는 것이 아닌 창조적이고 아름다운 것이 기쁨을 가져다줄 것"이라는 디자인 철학을 만들어냈다. 그는 입체적 재단이 아닌 평면적 재단을 통해 봉제를 없애고 소재의 낭비를 줄이는 친환경적인 디자인을 개발하며 미래 디자인의 가능성을 열었다. 한 장의 천이 옷이 되는 기적. 아름다움에 대한 진지한 태도와 휴머니즘이 없으면 나올 수 없는 이세이 미야케만의 세계다.

끊임없는 변화와 즉흥성은 재즈와 패션의 원동력이다. 요즘엔 패션이 재즈보다 더 재즈적이라는 생각이 들 때가 있다. 패션에서 보여주는 소재와 장르의 '경계 없음'은 프리재즈처럼 자유롭다. 이젠 트레이닝복이나 요가복을 정장과 매치해 입거나 정장에 운동화를, 지나치게 헐렁한 슈트를 입어도 어색하지 않다. 예전 멋쟁이들처럼 컬러나 디자인을 꼭 맞춰 입지 않아도 된다. 그만큼 트렌드가 다양하게 바뀌고 있다.

실용성을 추구하는 런던의 패션 디자이너 키코 코스타니노브는 한국의 동묘를 방문하고 나서 '세계 최고의 거리'라는 찬사를 보냈다. 그리고 동묘 거리에서 만난 어르신들의 화려한 패션(등산복과 정장, 비비드 컬러의 셔츠, 넥타이에 청바지를 매치한)에 신선한 충격을 받고 자신의 컬렉션에 이른바 '동묘 패션'을 선보였다. 전혀 어울리지 않아 보이는 컬러와 디자인, 무엇보다 기능이 중요한 믹스 매치의 상징. 한국의 아재 패션이 이제 세계에서 가장 핫한 이슈가 된 것이다. 디자이너의 옷이 미술관에서 전시되는 게 요즘은 놀라운 일이 아니다. 올가을에는 재즈클럽의 콘셉트로 패션쇼를 개최한다는 뉴스도 있다.

　경쟁이 아닌 '창조의 시대'다. 누구나 자기만의 스타일을 연구해야 하는 '디테일의 시대'. 이런 시대에 독자적인 스타일을 만들어내려면 끊임없는 열정과 함께 아름다움을 바라보는 시선을 갖는 습관이 무엇보다 중요하다. 물리학자 셸던 글래쇼는 '아름다움'을 나침반으로 삼았다. 아름다움은 삶의 이유 없는 기쁨이다. 나 자신을 진정으로 이해할 때 바로 가까이에 있는 모든 아름다운 것에 눈길이 가게 된다. 자기를 아는 사람만이 시크할 수 있다. 나에 대한 진정한 위트. 시크하다는 건 '하나의 수확'이다.

칼럼 한 편이 한 권의 책으로 나오기까지, 운명적인 순간이 있었다.

《시민언론 민들레》에 재즈 칼럼 코너를 만들어준 김성재 민들레 (전)편집장님, 강기석 고문님과 이명재 대표님, 그리고 칼럼을 읽고 흔쾌히 출간 제의를 해주신 율리시즈의 김현관 대표님과 김미성 주간님께 먼저 깊은 감사의 말을 전하고 싶다.

프랑스에서 공부를 마치고 귀국 후 지금까지 늘 아낌없는 응원과 지원을 보내주시는 김지영 교수님(전 경향신문 편집인), 김수종 (전)한국일보 주필님, 김충식 가천대 부총장님, 박석태 MBC (전)논설위원님, 홍성완 (전)연합뉴스 감사님께도 깊은 감사를 드린다.

코리안 포에틱 재즈Korean Poetic Jazz 프로젝트로 시인 이상의《오감도》음반 제작과 한불 130주년 공연과 세종문화회관 공연을 기획해주신 김주섭 대표님께 깊이 감사드리며, 코리안 포에틱 재즈의 공동리더로서 1, 2, 3집 음반의 전곡을 작곡한 허성우 피아니스트, 그 외 멤버들 윤혜진, 최민호, 김윤태, 차민규, 박혜리에게 감사의 마음을 전한다.

이 책에 소중한 작품을 허락해준, 파리 유학 시절부터 친구인 심고우리 작가에게도 고마움을 남긴다.

물심양면으로 사랑과 응원을 아끼지 않는 나의 어머니께 가장 깊은 감사를 드리고 싶다. 곁에서 늘 지지와 성원을 보내주는 형제들에게도 고마움을 전한다. 그리고 나의 오랜 친구들, 후배들, 제자들과 주위의 모든 분께 사랑과 감사를 드린다.

끝으로 부족한 졸저임에도 흔쾌히 추천사를 써주신 오동진 평론가님, 김진묵 평론가님, 박미산 시인님, 고영림 박사님께 깊은 존경과 감사를 드린다.

이 글들은 출간과 함께 내 품을 떠날 것이다.
책을 읽으며 느끼게 되는 모든 것은 오로지 독자의 몫이다.
나는 이제 다시 Jazz Vocal로 무대에 오른다.

2025_한불상호교류 130주년 기념 초청 공연
France Paris, Sunside Jazz Club

2021_Korean Poetic Jazz, 이상의 〈오감도〉
세종문화회관
(왼쪽부터 임미성, 허성우, 김윤태, 윤혜진, 차민규, 최민호)

세밀한 감정을 저마다의 방식으로 연주해야 하는 시대,
JAZZ는 여전히 하나의 희망이 될 수 있음을 믿는다.
즉흥은 지나온 것에 연연하지 않고
미래를 미리 염려하지 않으므로.
지금 여기 이 순간이야말로
과거와 현재, 미래가 공존하고 있는지도 모른다.

그래서 오늘도 결심한다.
하루를 시작하는 한걸음도 허투루 내딛지 않겠다고.
하루에 한 번은 아름다움을 발견하고
아주 사소한 것에도 기뻐하고
그리고 모든 사물에 나만의 이름을 지어보리라고.

본문 수록 이미지

그림_심고우리
28면, 71면, 104면, 218면, 240면

사진_임미성
10면, 12면, 57면, 92면, 97면, 98면, 119면, 126면, 146면, 156면, 165면, 181면,
207면, 208면, 232면, 262면

삶, 틀려도 좋은 자유
: 정답 없는 세상을 마주하는 재즈적 시선

초판 1쇄 발행일 2026년 1월 15일

지은이 임미성
펴낸이 김현관
펴낸곳 율리시즈

그림 심고우리corishim
사진 임미성
책임편집 김미성
표지디자인 co*kkiri
본문디자인 진혜리
종이 세종페이퍼
인쇄 및 제본 올인피앤비

주소 서울시 양천구 목동중앙서로7길 16-12 102호
전화 (02) 2655-0166/0167
팩스 (02) 6499-0230
E-mail ulyssesbook@naver.com
ISBN 979-11-992239-6-7 03810

등록 2010년 8월 23일 제2010-000046호

ⓒ 임미성, 2026

책값은 뒤표지에 있습니다.